おおきなかぶ

若旦那様としあわせ子育て恋愛

松幸かほ

幻冬舎ルチル文庫

CONTENTS ✦目次✦

✦若旦那様としあわせ子育て恋愛

✦イラスト・榊 空也

✦カバーデザイン＝久保宏夏（omochi design）
✦ブックデザイン＝まるか工房

若旦那様としあわせ子育て恋愛

1

退社のチャイムが鳴り、今日の勤務を終えた柳田彗《やなぎだすい》は帰り支度を整えて会社の寮へと向かう。

「柳田先輩お疲れーッス」

「お疲れ。あれ？　今週夜勤シフトだったたっけ？」

帰り道に声をかけてきた後輩社員に問うと、明るい声で「交代してくれって言われたんス」と返してくる。

「そうなんだ。頑張って」

彗が手を振り言うと、後輩は手を振り返して工場へと向かって行く。

地元ではそこそこ大きな工場に、彗は高卒で就職した。

それから丸四年。春からはかつての地元の同級生が大卒採用されてきていた。

「ヤナっちー、食堂行こうぜー」

寮の部屋に戻って着替えを終えた彗の部屋にやって来て、そう声をかけてきたのは、高校時代の卒業生で今年、大卒採用された田原《たわら》という男だ。

「うん。今日の夕飯、なんだったたっけ」

「メインは麻婆豆腐《マーボー》だったと思う」

「寮の麻婆豆腐は、ちょっとスパイシーさが足りないんだよね。単独で食べるならいいんだけど、ご飯のおかずにするなら、もうちょっと豆板醬《トウバンジャン》足したい感じで」

そんなことを話しながら田原と一緒に食堂へと向かう。

大卒の同級生と先輩後輩の関係。

だが、立場はすぐに逆転するだろうことを、彗は知っている。

大卒の彼と高卒の彗では、この先進むルートが違うのだ。

幼い頃——計算して出すなら三歳と八カ月のことだ——父親を事故で亡くして以来、母と姉の朋美《ともみ》の三人で過ごした。しかし、母が中学の時に病気で亡くなり、彗は生まれ育った街を離れ、母の従姉《いとこ》の嫁ぎ先に姉と共に身を寄せた。

母の従姉夫婦には子供がなく、二人だけで暮らしていた。そして、大して面識があるわけでもなく、ただ唯一《ゆいいつ》の頼れる親戚だというだけの理由で彗たちを道義上預かることになった形だ。

そんな経緯で始まった生活は、愉快なものではなかった。あちらも彗たちを扱いかねたし、彗たちも彼らに対してどういう意識でつきあっていけばいいのか分からなかった。

特に、問題になったのは金銭面だ。

夫婦二人での老後に照準を当てて計画を立てていたところに、金のかかる子供二人を預かることになったのだ。

そこで夫婦は、二人に言った。

置いてやるが、生活にかかる金は出してもらう、と。

正直に言えば子供心に「えげつない」と感じた。

それなら、朋美と二人、どこかにアパートを借りた方がいいじゃないかと思ったのも事実で、実際朋美とそう話したこともあった。

だが、その時、姉の朋美もまだ高校生で、未成年の二人にアパートを貸してくれるようなところはなかった。

そのため、二人で決めた。

彗が学校を卒業したら、二人でここを出て一緒に暮らそう、と。

その頃には朋美は成人しているし、アパートを借りることもできるからだ。

それまでの我慢だと思って、彗も朋美も、アルバイトと勉強に励んだ。

幸い、彗も朋美も目を瞠《みは》るような優秀さというわけではないが、そこそこ勉強はできた。

特に朋美は成績優秀者にのみ許可される返還要求のない奨学金制度の恩恵を受け、短大まで卒業した。そして彗は朋美ほど勉強ができたわけではなかったが、ランクを落として入った高校で、成績優秀者として学費免除を受けた。

予定で行けば、遅くとも彗が高校二年になったら、朋美と一緒に親戚の家を出て二人で暮らしていけるはずだった。

だが、そうならなかったのは、朋美が短期大学を出て間もなく結婚したからだ。

地元では少し知られた起業家で、朋美より十歳年上の土屋《つちや》という男だ。

土屋は喫茶店でアルバイトをしていた朋美を見染め、そのことを知った親戚が良い相手じゃないかと強く勧め、朋美も承諾した。

承諾といえば言い方は悪いが、会社を経営していて自由になる金が多い土屋に嫁げば彗を大学に通わせることができると考えたのだ。

正直、彗は大学に行くつもりはなかったので、そのことだけを理由に結婚するならやめてほしいと言ったが、

「でも、嫌だって言える部分もないのよね。もちろん、その分、物凄く好きって言える部分もないんだけど……、会っていて、嫌な気持ちになったことはないわ」

と、結局、嫁いでいった。

そして彗は高校を卒業後、予定通りに大学には行かず、就職し、親戚の家を出て会社の寮に入ったのだ。

会社の寮での生活は、それまでと違い、快適だった。

何しろ、それまで食費だ、光熱水費だと取られていた金額より少ない額で衣食住が賄《まかな》える。

少し物音を立てても怒られることはないし、監視されているようなプレッシャーもなく、

彗は自由を満喫していた。

とはいえ、心配がないわけではない。

朋美のことが気がかりだった。

社会に出れば、それまであまり耳にしなかった大人の事情を知ることも多い。

その中には土屋の話も多くあった。

土屋は起業家として幅を利かせていて、派手に遊んでいるらしかった。

『まあ、若くてイケメンで金持ちとくれば、妻帯者でも近づいてくる相手はいるからねぇ』

義弟という立場になる彗のことを思いやって、そう言ってくれる者は多かったが、そんな言葉を「それもそうですね」なんて言えるほど、彗は純ではなかった。

何より、時折会う朋美の表情が曇りがちなのが、ずっと気になっていたのだ。

「ヤナっち、今度の土曜、予定ある？」

辿《たど》りついた食堂で寮の夕食である麻婆豆腐を食べていると、不意に田原が聞いてきた。

「土曜か日曜のどっちかで姉ちゃんに会いに行こうと思ってるけど、なんで？」

「時間があるなら、映画でもどうかと思って」

「今、なんか面白いのやってる？」

彗が聞き返した時、テーブルの上に置いていた携帯電話が通話での着信を告げる。その音に画面を確認した彗は眉根を寄せた。

「げ……」

「誰？」

「親戚。嫌な予感しかしない」

あの、守銭奴《しゅせんど》の親戚からの着信だった。だが、出なければ後でまた嫌味を言われるので、通話をつなげる。

「こんばんは、どうしたんですか？」

『ああ、彗くん。今すぐこっちに来られるか？』

かけてきたのは伯父《おじ》の方だった。伯父といっても便宜上の立場で、血のつながりはないし、そもそも伯父が電話をかけてきたのは初めてかもしれない。

連絡をしてくるのは、伯母《おば》――正確には母の従姉――の方だった。

それだけでもおかしいのに、今すぐ来いというのも奇妙で、何かが起きていることだけはすぐに分かった。

「すぐにって……、何があったんですか？」

厄介事には間違いない。伯母がかけてこないとなると、伯母に何かあって人手かお金、どちらかが足りないという話になるんではないだろうかと警戒する。

だが、伯父が口にしたのは意外な言葉だった。

『朋美が離婚して、子供を連れて戻ってきたんだ』

「え？　姉ちゃんが……？」

『ああ。今後のことについて相談があるから、とにかくすぐに来るように』

伯父は一方的にそう言うと電話を切った。

彗は眉間《みけん》に皺《しわ》を寄せたまま、携帯電話をテーブルの上に置く。

「なんか、姉ちゃんやべえ感じ？」

田原が聞いてくるのに、彗は頷《うなず》いた。

「なんか、子供連れて親戚の家に戻ってるみたい……」

離婚して、とは言えなかった。

親戚はそう言ったが、本当に離婚したのか、離婚したいと言って戻ってきたのかでは話が違ってくるからだ。

だが、土屋の行状は地元では有名で、田原はどこか納得したような表情をした。

「とうとう腹にすえかねた、的な？」

「かも……。とりあえず、食べ終えたら行ってくる」

彗はそう言うと半分ほど残った食事を急いで食べ、親戚宅に急いだ。

——姉ちゃん、やっと決断したのかな……。

スクーターを親戚宅へと走らせながら、彗はどこか半分ほっとしたような気持ちになっていた。

っていた。

土屋は、女癖が悪いだけではなく、朋美に対してしょっちゅうではないものの暴力を振るっていた。

朋美は故意で怪我《けが》をさせられたわけではないと言っていたが、彗はDVだと確信していたし、恐らくモラルハラスメントも受けていて、まともな判断ができなくなっている状態なのだろうと思っていた。

それでも、最近会った時には、雅裕《まさひろ》——朋美は結婚して間もなく身ごもり、土屋との間には四歳になる男児、彗にとっては甥《おい》っ子が生まれていた——のことを考えると、父親はいた方がいいから、と言っていて、自分の状況がおかしいことには気づいている様子だった。

それでもまだ耐えようとしているのを、どうしようかと彗は思っていたのだ。

だから、離婚を考えたのか、したのかは分からないが、その方向に向かって踏み出したことは喜んでいいのかもしれない。

——多少の貯金はあるし、寮出て、アパート借りて姉ちゃんたちと住んでもいいわけだし……。贅沢《ぜいたく》はできないけど、俺の給料でもギリなんとかできる。

去年結婚した、同じ高卒入社の同僚は、いわゆるできちゃった婚だが、何とかやっている。

そんなことを参考にして考えているうちに、彗は親戚である加納《かのう》家に到着した。

「こんばんはー」

玄関を開けて入ると、彗の声を聞きつけて玄関にベソをかいた雅裕が飛び出してきた。

「すいちゃん！」

言って抱きついてくる。

四歳という年齢にしては小柄で細身なのは、少し病気がちだからだ。季節の変わり目には気をつけていても必ず風邪《かぜ》をひいて、しかも長引く。

そのたびに見舞ったり、元気であれば家にあまりいない土屋に代わって彗が遊びに連れて行ってやることもあった。そのせいか雅裕は彗に懐いてくれていて、会えばいつもこうして抱きついてくるが、今日の抱きつき方はいつもと違って、必死な感じがした。

「まーくん、どうした？」

できるだけ平静を装って抱きついたままの雅裕に問う。

そこに、居間から伯父と伯母が出てきた。

「やっと来たか」

「遅くなってすみません。……あの、姉ちゃんは？」

彗の問いに二人は気まずい顔をした。

「……まずは、雅裕を落ち着かせて、寝かしつけてくれ。布団は二階に準備してある」

伯父がそう言うのに、彗は、とりあえず頷いて、雅裕を抱いて二階へと向かった。

二階にはかつて彗が朋美と共に過ごした六畳間がある。

今はがらんとしていて、そこに布団が敷かれていた。

彗は布団の上に腰を下ろし、そこで雅裕を膝に乗せて抱っこしてやりながら、優しく声をかける。

「まーくん、今日はママと一緒に来たの？」

彗の言葉に雅裕はまるでイヤイヤをするように頭を横に振った。

「一緒じゃなかった？」

「まま……、いっしょ、ない」

たどたどしい言葉で返してくる雅裕に、

「そうだったんだ。じゃあ、パパとここに来たんだ？」

彗は問い返した。だが、返ってきたのは思ってもみなかった言葉だった。

「……かせーふさん…」

「家政婦さん？」

朋美は家政婦など雇っていない。

専業主婦をしていて、家事は全て朋美が担っていた。

――家政婦ってどういうことだ……？

「まま、もう、ずっといっしょ、ないの……。かせーふさん、いっしょ」

「え……？　ママと、会ってないの？」

その言葉に雅裕は頷いた後、彗の胸の辺りに頭を押し付けて、またイヤイヤをするように頭を振る。

これ以上は言いたくない――どちらかと言えば、そうなったいきさつを思い出したくないというように見えて、彗はそれ以上何も聞かず、寝かしつけるようにゆらゆらと体を揺らしてやりながら、背中を軽く叩いた。

十五分ほどそうしていると、雅裕の反応が鈍くなり、それから少しすると完全に眠った。彗は起こさないようにそっと雅裕を布団に寝かしつけてから、階下へ下り、伯父と伯母のいる居間に入った。

「雅裕くん、寝ました」

「そうか……、まあ、座れ」

ソファーの三人掛けの方に座した伯父が、空いている一人掛けを示す。彗は言われるまま腰を下ろしながら、

「雅裕くんが、家政婦さんにここに連れて来てもらったって言ってて……ママにはずっと会ってないって。どういうことなんですか？」

真っ先に聞いた。

その言葉に伯父と伯母は顔を見合わせる。そしてやや間をおいてから、伯父が口を開いた。

「朋美は、入院中だ」

「入院？　なんで……、まさか義兄《にい》さんが姉ちゃんに暴力振るって……」

これまでは軽い打撲程度で病院に行くほどではない――彗は病院に行って診断書を取っておけと勧めていたが、行ったかどうかまでは確認していない――様子だったが、DVはエスカレートするものだと聞いたことがある。

充分、可能性があった。

しかし、伯父は否定した。

「いや、事故だ」

「事故って……車か何か？」

「いや…、家で階段から落ちて」

「家の階段から？　それ、本当に事故ですか？　っていうか、さっき電話で姉ちゃんが離婚して、まーくん連れて戻ってきたって言いましたよね？　それは嘘なんですか？」

納得がいかなくて彗が問い返す。それにごまかしきれないと思ったのか、伯父が深く息を吐いた。

「……土屋さんと離婚の話で揉《も》めたらしい。言い争いになって、階段から落ちた。十日前のことだ。まだ、意識が戻ってない」

聞かされたのは、想像以上に酷い内容だった。

「意識が……」

茫然《ぼうぜん》と彗は呟《つぶや》いた。

頭の中がぐらぐら揺れるような感じがした。

骨折くらいのことだと思っていたのだ。いや、それだって充分に大きな怪我だが、意識がないのは、もっと深刻だ。

そう認識した瞬間、感情が一気に噴き出した。

「姉ちゃんは……大丈夫なんですか？　十日も前なんて…何ですぐに連絡してくれないんですか！」

思わず彗は嚙《か》みつくように言った。

「俺たちも昨日、土屋さんに呼び出されて聞いたところだ。事故に関しては、もう示談が成立している」

「示談って……」

「土屋さんは、今、つきあっている女性が妊娠中だとかで……その子供を跡取りにするから、体の弱い雅裕はいらんと言って、今日家政婦が連れて来たんだ」

「そんな……」

頭から血の気が引いた。

母親が意識不明だというのに、その子供を――しかも自分の血を引いた息子を、まるで厄介払いするように追いだすなんて、そんなことまでする男だとは思わなかった。

しかも不倫相手との間に子供ができているという。

「朋美のことは心配だが、医者にしかどうこうできん。今、一番問題なのは雅裕のことだ」

「そうだけど……養育義務は土屋さんにあるでしょう？　父親なんだし……」

言いながら、言いようのない不安と恐怖で奥歯が鳴りそうになった。

自分の子供を、ぽいと捨てられるような男だ。

常識的な理由をこっちが持ち出して雅裕を家に戻らせたとして、雅裕の安全が保証されるとは思えない。

朋美に向かっていた暴力が、雅裕に向く可能性だって充分あるのだ。

そう思うだけでゾッとした。

「養育費は支払うと……。だが、俺たちも、もう年が年だ。ある程度育っていたおまえたちでさえ持て余してたのは分かるだろう？」

伯父が言うのに、伯母も口を開いた。

「あんな小さな子供……どうしていいのか分からないのよ…。たまに一、二時間見るのとはわけが違うし、今日だってあなたが来るまでの間、もうどうしていいか……」

伯母のその言葉は紛れもない本音だろう。

ここに世話になった時、彗は中学生で、子供といっても世間の道理は分かる年齢だった。

それでもこの二人は対応しかねる様子だったのだ。

もちろん、それ以上に「面倒に関わりたくない」という気持ちも強いのだろうが。

「……俺に、どうしろっていうんですか？　会社の寮に連れて行けって？　それは無理です」

会社の寮は独身寮だ。

もちろん、事情が事情なので数日預かるくらいのことなら許可を出してくれるかもしれないが、朋美の意識がいつ戻るか分からないというような状況なら、長期にわたる可能性が高いし、仮に明日、意識が戻ったとしてもすぐ退院して雅裕の世話を、など、無理な話だろう。

だが、伯父は、

「寮を出て、ここから会社に行けばいいだろう。雅裕もおまえと一緒なら安心するはずだ」

こともなげに言った。

「そんなこと、急に言われても……」

「こっちだって困ってるんだ。やっとおまえたちが一人前になって出て行ったと思ったら、もっと小さい子供を押しつけられて……」

やっと厄介払いができたと思ったのに、もっと厄介を抱え込んだとでも言いたげだった。

——どうすればいい……。

すべてがあまりに急で、しかも朋美が意識不明などという簡単には受け止められない状況で、彗はまともに考えることができなかった。

「おまえが世話を見られんというなら、施設にでも預けるしかない」

伯父は一切関わりたくないと言った様子だった。

もし彗が断れば、間違いなくそうするだろう。

そういう人たちだということは、充分分かっていた。

「……分かりました…。明日から、こっちに戻ります。今夜はこのまま雅裕を預かってください」

彗が言うと、伯父はため息をついた。

「仕方がない。だが、明日の朝には迎えに来てこども園に送ってやれ」

とにかく、何もしないつもりらしいのは分かった。

彼らからしてみれば、部屋を使わせてやるだけでもありがたく思えという感じだろう。

そして、そんな対応には彗も慣れていた。

慣れてはいたが、腹が立たないわけではないのだ。

だが、今の状況で雅裕のことを一番に考えればそれしか手立てはない。

いや、あるのかもしれないが、今の彗にはそこまでいろいろ考える余裕はなかった。

——とにかく、緊急避難的な意味では、そうするしかない。

落ち着いたら先のことも含めていろいろ考えて行動に移せばいい。

だから、それまではこの状況を受け入れるしかない。

彗は自分にそう言い聞かせた。

◆◇◆

「まーくん、はい、またがって」

彗はヘルメットをつけた雅裕を抱き上げ、スクーターの後ろにつけたチャイルドシートに座らせ、ベルトを装着する。そして、自分もシートに腰を下ろすと、

「じゃあ、まーくん、俺の腰ぎゅーして」

雅裕に指示を出す。

「ぎゅー」

雅裕が声に出して言いながら、腰に手をまわしてしっかりと抱きついてくるのを感じ取ってから、彗はスクーターのエンジンをかけ、走りだした。

彗が再び親戚の家に戻って二週間が過ぎた。

毎朝、雅裕を後ろに乗せてこども園に連れて行き、それから出社する。そして、会社帰りに拾って帰るのがいつもの流れだ。こども園はそれまで幼稚園と同じ四時間程度のクラスで通っていたが、夕方までの長時間のクラスに代えてもらった。急な変更だったが、事情を組んで、園がすぐに対応してくれた。

彗のスクーターは二人乗りが許可された排気量の大きなものだ。以前は普通のスクーターに乗っていたが、雅裕が後ろに乗せてほしいとせがんだことがあって、買い替える時に大きなものにしたのだ。

まさかこんなことになると思ってはいなかったが、今となってはその時に大きなものにしておいたおかげで、問題なく送迎できている。

あの日、寮に戻った彗はすぐに上司に事情を連絡し、昼勤務だけのシフトにしてほしいと頼んだ。事情が事情なので受け入れてもらえ、同僚たちも極めて協力的で、寮にあった荷物も車を出してくれて運ぶのを手伝ってくれた。

寮にはいつまでも住めるわけではなく、入居後五年で出なくてはいけない規定がある。

その時に、大荷物を持って引っ越しをしたくなかったし、極力お金を使わずに貯めようと思っていたこともあって、引っ越しの荷物はさほど多くなく、二往復してもらっただけで済んだ。それでも、自力でとなると倍以上の時間がかかっただろうから、ありがたいことこの上ない。

「じゃあ、また夕方に迎えに来るね」

「いってらっしゃ！」

こども園で雅裕を降ろして保育教諭に預け、彗は出社する。これまでより長い時間、園にいることになったが、もともと通っていた園なので雅裕は特に問題なく過ごしてくれている。

見送ってくれる雅裕に手を振り、彗は会社に向かった。

仕事が終われば雅裕を迎えに行って、スーパーに寄って食べる物を買い、親戚宅に戻る。そして、台所を借りて買ってきたものを簡単に調理して雅裕と二人で夕食だ。

とにかく伯父と伯母は、彗と雅裕のことに関してはノータッチを貫くつもりだ。ノータッチではあるものの、余計にかかる光熱水費と家賃を、最初に前払いさせられた。

朋美と引き取られた時も、学生の二人に家賃を払えと言って徴収したくらいなので、今回も絶対に請求してくるだろうなとは思っていたが、予想通りだった。

予想通りだがむかっ腹は立つ。

——もう少し会社とこども園に近いところにアパート借りた方が何かと楽だな、きっと。

朋美の意識が戻って、退院できたら、ここで三人で住むわけにもいかない。

——2LDKで、一部屋は姉ちゃんとまーくんに過ごしてもらって……。

そう思うが、朋美の意識が必ず戻るという保証はない。

病院には説明を聞くために出向いた。朋美は骨盤など複数か所を骨折していて、搬送直後に緊急手術を受けたが、あと二回、手術をする必要があるらしく、それは朋美の回復を待ってからだと言われた。

その後も見舞いに行ったが、朋美の負担になるからと病室にいられるのは十分程度だ。それに面会の回数や人数も限られていて、今は週に二度の面会しか許可されていない。

——もし、姉ちゃんがあのままだったら……。

父親である土屋は家庭を顧みるということがほとんどなかったので、雅裕は朋美にべったりだった。

その朋美がいない現状をおかしく思っていないはずがない。

だが、雅裕は、幼いなりに気を使っているのか、朋美のことを彗に聞いてはこない。

そのことが彗にとっては逆につらかった。

かといって、どう説明していいのかも分からなかった。

「すいちゃん、ごはん、たべてないよ?」

箸が止まったままの彗に気づいて、雅裕が声をかけてくる。

「ああ、うん。ちょっとぼーっとしてた」

「ねむたいの?」

その問いに彗は少し笑い、

「ほんのちょっと。お仕事頑張ったからね」

そう返すと、雅裕は、

「すいちゃん、おしごとがんばったね」

笑顔で労《ねぎら》ってくれる。

それだけで、彗は救われた気持ちになった。

感情の処理ができないのに、考えることが山積して焦るうちに土曜日が来た。

会社が休みなので、彗は雅裕とゆっくり過ごすことにして、二階の部屋で雅裕の遊び相手をしていたが、伯父と伯母は急に掃除をするつもりにでもなったのか、掃除機をかけたり、何かを片付けたりしている様子の物音が聞こえていた。

手伝いを申し出た方がいいのかとも思ったが、ヘタに仏心を出せばつけ込まれるのはわかっていたので、敢《あ》えて気付かないふりで午前中をやり過ごした。

だが、昼食の準備のためには階下に下りなくてはならない。

その頃には階下の物音は止まっていたので作業は一段落した様子で、何か変化があれば聞いてみればいいだろうと、雅裕を連れて一階に下りた。

すると、いつもは殺風景な玄関に花が飾られ、階段下に積まれていた潰した段ボールの束もどこかに運ばれていた。

そして、いつも夫婦がいる居間のソファーセットも普段は、テーブルの上には新聞やら雑誌やらが積まれているのに何も載っていない状態になっていたし、ソファーにはレースのカバーが掛けられていた。

台所に入ると、そこのテーブルで一仕事を終えた、といった様子でお茶を飲んでいる夫妻の姿があった。

「……今日、誰か来るんですか？」

何かあるのは間違いないので聞いてみると、

「本家の跡取りがいらっしゃる」

興奮と、どこか畏《おそ》れめいたものを含んだ様子で伯父が言った。

「本家の？」

加納本家は、もともとこの辺りを治めていた領主だった。農地改革などで随分と土地を手放したとはいえ、一般の感覚では今でも充分な地主で、彗の会社も本家の土地を一部借りているくらいだ。

今でも代々この辺りに住んでいる住民は何かあれば本家を頼るし、選挙があれば地元の議員候補は必ず本家参りをする。

この家は加納の分家だ。分家の中でも末端の分家で、普段は本家とはまったく交流がない。伯父夫婦が結婚した時に、その報告に行ったのが最後らしい。そのくらい、交流がないのだ。その本家から人が来るというのは、彼らにとって僥倖《ぎょうこう》だが、それと同時に何か不手際があっては、と不安もあるのだろう。

「失礼は許されないから、彗、おまえは雅裕と一緒に二階に引っ込んでいるか、家から離れていろ」

伯父はそう言った。

雅裕は同年代の子供と比べれば大人《おとな》しい方だ。

とはいえ、遊ぶことが仕事のような年齢なので、テレビで好きなアニメを見れば歌いだすし、おどりだす。

そういった物音さえ立てたくないのだろうということは分かった。

「分かりました。午後からはまーくんと一緒に公園に行ってます」

二階からのちょっとした物音で後で愚痴《ぐち》られるのも嫌だし、幸い天気がいいので外に出ている方がいい。

彗は雅裕と昼食をとると、家の近くにある公園に向かった。

公園といっても、たいした遊具があるわけではない。

滑り台とシーソーがあるだけだし、そもそも公園で遊ぶ子供はこの辺りでは雅裕くらいしかおらず、近隣の年寄りが散歩がてらに立ち寄るくらいだ。

それでも、雅裕にとっては大好きな滑り台を独占できる公園なので喜んで何度も滑っていた。

しかし十五分もすれば満足で、その後はシーソーに移ったが、シーソーは滑り台ほど長持ちしなかった。

後は、家から持ってきた三輪車で公園内をグルグル回って遊んでいたが、

「すいちゃん、モンスーンみたい」

家に帰って、お気に入りのアニメを見たいと言いだした。

公園に来て、まだ一時間も経《た》っていない。

恐らく本家はまだいるだろう。

「じゃあ、寄り道しながら帰ろうか」

少しでも帰る時間を先延ばししようと、彗は来たのとは別のルートで家へと向かう。

そのルートだと、家までの直線道路は飛び出してくるようなものが何もない、微《かす》かな下り坂だ。歩いていればほとんど意識もしないくらいの下り坂だが、自転車や三輪車だとこぐのが軽くなるのが分かる。

案の定、雅裕も気づき、いつもより速くこげるのが嬉《うれ》しくて全力でこぎはじめた。

「まーくん、そんなに速くこいだら危ないよ！」

彗は声をかけたが、雅裕は夢中で聞こえていない様子だ。

そして、彗は家の前に黒塗りの高級車が停《と》まっているのに気付いた。

雅裕はもちろん車の手前で止まるつもりでいるだろうが、今の速度だといつもの雅裕のブレーキのタイミングでは止まりきれないかもしれない。

彗は急いで雅裕を追いかけた。

だが、彗の手が届く前に、雅裕の三輪車は思った通り、止まりきれず、車のバンパーにコツンと当たってしまった。もちろん、雅裕もブレーキをかけていたので大きく当たったわけではなかったが、それでもバンパーには軽く傷が付いた。

「あ……」

マズイ、と思った時、運転席からスーツを着た初老の男性が降りて来た。

何かが当たった、というのは分かったのだろう。

そして、運転手が降りてきたことで、雅裕は自分が「悪いことをした」というのは当たった時点で分かっていたようで、叱られると思ったのか泣き出した。

「すみません！　俺がちゃんと見てなくて……当たってしまって傷を」

彗は運転手に謝るが、運転手は
「いえいえ、お坊ちゃんにお怪我はありませんか？」

穏やかな声で聞いてきた。

「大丈夫です、少し当たっただけなので。でも……車に傷が」

塗装が少し擦《こす》れた程度ではあるが、磨きあげられた車だけに目立つ。

「ああ、これですか……」

運転手が傷を確認した時、雅裕の泣き声が聞こえたのか家の中から伯母が出て来た。

そして車から降りている運転手と、泣いている雅裕から何かが起きたことは察したらしい。

「彗ちゃん、一体何があったの？」

詰問するような口調に、雅裕はますます泣き声を大きくした。

「三輪車で、当たってしまって……車に傷を」

彗が説明すると、伯母は卒倒しかねない様子で、

「まったく！　なんてことを……！　だから大人しくしてなさいって言ったのに！」

まくしたてるように言った。

無理もない。

夫婦にとっては結婚の時以来の本家との交流だ。

しかも本家からわざわざ人が来ているとなれば、どんな些細《ささい》な粗相も許されないのだろう。

「すみません……」

謝るしかない彗に運転手は、

「このくらいの傷は、私もついやってしまいますので……」

と、言ってくれたが、伯母の激昂《げっこう》する声に伯父と、そして見知らぬスーツ姿の若い男が家から出て来た。

随分と背が高い——一八〇は絶対にあるだろう——そして涼やかなのに柔らかさを感じさせる目元に、すっきりとした鼻と形のいい唇を持つ、つまるところ、「こんなイケメンって三次元に存在するんだな」というレベルの整った顔立ちの男だ。

その男が本家の人間であることは間違いなかった。

「あなた、雅裕が本家の車に傷を！」

言いつけるように言う伯母に、伯父は真っ青になった。

「なんてことを……！　彗！　おまえがちゃんと見てなかったのか！」

怒鳴りつける声に、雅裕は怯《おび》えきり、もう泣き声すら出せない様子で彗の足に縋《すが》りついていた。

「すみません……」

彗は謝るしかなかった。

その時、近づいてきたその男が、そっと雅裕の近くにしゃがみこむと、雅裕の頭を軽く撫《な》でた。

「坊主、痛いところはないか？」

穏やかで、どこかのんびりとして聞こえる口調だった。

その問いに、雅裕は彗に縋りついて顔を隠したまま頷く。

「そうか、それはよかった。この青い三輪車は坊主のだな、ああ、モンスーンと言ったか、この絵は」

男は三輪車に貼られたシールを指差した。その声に、雅裕はちらりと顔を男に向けて頷き、

「モン…っス……、と、ジュヒョ……」

しゃくりあげながら答える。

それに、男は微笑《ほほえ》むと、彗に視線を向け、立ち上がった。

「確か、この家で世話をしていたという姉弟の、弟の方だな」

「はい。この子は姉の子で……。本当に、すみません」

再び彗が謝り頭を下げると、

「いやいや、怪我がなくて良かった。お姉さんが入院中だということは聞いている。君がこの子の世話をしているということもな」

男は言い、それから伯父夫妻を見たが、伯父夫妻が二人のことを話したわけではないらしく驚いた顔をしていた。

「今日は、普段行き来のない分家の様子を見がてら、この子のことで相談があって来た」

男は雅裕に一度視線をやってから、伯父夫妻に戻した。

「この子を本家に引き取りたいんだが」

「え……？」

まさかの申し出に伯父夫妻は明らかに戸惑った顔をした。

「おばあさまも年を取られた。外出もままならず、最近ではふさぎこむことも多くてな。小さい子供がいれば気も紛れるだろう。だが、幼いこの子だけを見知らぬ者ばかりのところに連れていくというのも、問題だ。なので、彼もいっしょにと思うんだが」

男はあくまでも提案、という形で聞いたが、彼らが口を開くより先に、

「構わないだろう？」

にこりと笑って続ける。

だがその笑みは伯父夫妻に否やを言わせないための威圧だということくらい、彗にも分かった。

「あの……俺たちの処遇を勝手に決められても困るっていうか…」

伯父たちが男に逆らえないのは雰囲気的に分かる。

だが、二人が承諾したからといって従うわけにもいかないのだ。

何より、短期間で住む場所が何度も変わるのは、雅裕にとっていいこととは思えなかった。

「彗！　本家の方にぞんざいな口をきくな！」

伯父が慌てて彗を怒鳴る。だが、男は笑うと、

「いやいや、戸惑いはもっともだ。だが、悪いようにはしない」

そうとだけ言うと、再びしゃがみこみ雅裕と視線の高さを合わせた。

「ケーキは好きか？」

その言葉に雅裕はまだ涙の残る目ながら、満面の笑みを浮かべる。

「いちごのケーキ、だいすき！」

「そうか、いちごのケーキが好きか、では、買いに行こうか」

男はそう言うと雅裕を抱き上げる。

運転手はすぐさま後部座席のドアを開け、男は雅裕と一緒に車に乗り込んでしまった。

「ちょっと……まーくん！」

慌てる彗に、雅裕を奥に座らせた男は、

「とりあえず、このままうちに遊びに来い」

穏やかに笑みながら言う。その言葉に運転手は助手席のドアを開けた。

「どうぞ」

促され、彗は迷いつつ伯父夫妻を見る。

二人も複雑な顔をしていたが、本家の不興を買うよりはと思ったらしく、行きなさい、とゼスチャーで示してくる。

「……失礼します…」

雅裕を降ろすことができない以上、一人で行かせるわけにもいかないので、彗は助手席に座る。

運転手はすぐにドアを閉めると運転席に乗り込んだ。

「では、二人は預かっていく」

エンジンのかけられた車から少し窓を開け、男が言う。

声はしなかったが、恐らく二人は愛想笑いをしているのだろう。

程なく窓が閉まり、車は静かに走り出した。

2

車内で雅裕は、ケーキに思いを馳《は》せて大はしゃぎだった。

その雅裕のケーキへの熱い思い――これまでに食べたケーキの思い出を男に語って聞かせ、男も楽しげに相槌《あいづち》を打っていて、その二人の話に割って入るのはためらわれて、結局何も聞けないまま、ケーキショップを経由して本家に到着した。

本家は、衝撃的な大きさの豪邸の旧家だった。

分家に世話になっていたとはいえ、本家とは普段の交流がないこともあって、彗は本家についてほとんど何も知らなかった。

ただ地元なので、加納家というのは凄い一族らしい、ということだけはぼんやりとした知識として知っていたが、通学圏とも通勤圏とも外れていたし、何より彗自身は加納家と無関係といってもいいので、特に気にしたこともなかったのだ。

――これ、八つ墓村とか犬神《いぬがみ》家とかに出てくるレベルだよな……。

立派な門構えの日本家屋で、玄関のすぐ前まで車寄せが作られている。

前庭だけで建売住宅が三、四軒はできそうだ。

「さあ、ついた。雅裕くん、降りようか」

男はそう言って、雅裕のチャイルドシートのベルトを外す。

どうやら、分家には最初から雅裕を迎えに行ったようだ。そうでなければ、わざわざ車にチャイルドシートの準備までしてはこないだろう。

——あー、でも本家に近い年《とし》の子がいるってことも……。

そう考えかけたが、それならわざわざ雅裕を連れてこなくてもいいはずだ。

雅裕を連れてくる理由が、塞ぎこみがちな祖母のため、だったのだから。

そうこうするうちに助手席のドアが車寄せに出てきていた屋敷の使用人——というのが妥当なのだろうか——によって開けられ、彗は車から降りた。

「おかえりなさいませ、基親《もとちか》様」

男——どうやら基親という名前らしい——を中から出て来たやや年配の女性が迎える。

それに基親は鷹揚《おうよう》に頷くと、

「応接間にお茶の準備を頼む。オレンジジュースは好きか?」

手を繋《つな》いだ雅裕に問う。それに雅裕が元気にうん、と頷くのを見てから、視線を彗に向けた。

「君は?」

「……なんでもいいです」

「では、俺と一緒で青汁になるが」

「え?」

まさかのメニューに彗は眉根を寄せる。それにすぐさま、

「冗談だ。紅茶になるが、いいか？」

笑いながら確認してきた。

「はい、それでお願いします」

「では、行くぞ」

基親はそう言うと家の中に入っていき、彗も後に続いた。

どこもかしこもピカピカに磨き上げられた家は、旧家独特の重厚な気配を纏《まと》っていたが、それは決して嫌なものではなく、むしろ落ち着いた心地よい気配だった。

通された応接間は元は和室だったのを洋室に作り替えたのか、それとももともと和洋折衷を意識して作られたのかは分からないが、和と洋のエッセンスがほどよく混じり合った部屋だった。

その部屋のソファーに勧められるまま腰を下ろすと、まるで見計らったように飲み物とケーキ皿を持って玄関に出迎えに出ていた女性がやって来た。そして、お茶の準備を整えると、すぐに部屋を辞す。

「いただきます」

手を合わせて言った雅裕はすぐにケーキにフォークを入れた。

ケーキショップではとりどりのケーキを前に雅裕は目を輝かせていたが、迷うことなくい

ちごのショートケーキを選び、彗と男も同じものを選んだ。

彗は自分のケーキのいちごをフォークで取ると、雅裕のケーキの上に載せる。

「はい、まーくん、いちご」

「ありがとう！」

雅裕は本当に嬉しそうに笑って言う。

それを見ていた基親が自分のケーキのいちごも取って、雅裕のケーキに載せた。

「いちごのお祭りだな」

「おまつり！」

雅裕が目を輝かせて繰り返す。

「まーくん、お礼は？」

「ありがとう！」

彗に促され、雅裕は慌てて言う。それに目を細める男に、彗は唇の動きだけで「すみません」と謝る。

それにただ基親は口元だけで笑った。

ケーキを食べる間、会話らしい会話はなかった。雅裕がいるところで込み入った話もためらわれたし、基親が雅裕にこども園での話を振り、その話を聞いていたからだ。

だが、ケーキを食べ終えてややもすると、先程の女性がやってきた。

「須磨《すま》さん、雅裕くんに池の鯉《こい》を見せてやってくれないか」

「かしこまりました。坊ちゃん、お庭の池に、たくさん鯉がいますよ。見にいきませんか」

「こい？」

雅裕は「鯉」と言われても何か分からないのか、不思議そうな顔をして彗を見た。

「綺麗《きれい》な色をしたお魚さんだよ。見せてもらっておいで」

彗の言葉に、

「すいちゃんは？」

雅裕はすぐに聞き返してきた。

「後で行くから、先に行ってて」

彗が言うと、雅裕は少し迷った顔をした。

初めての場所で彗と離れるのが怖いのだろう。

「雅裕くん、俺の代わりに鯉にご飯を食べさせる手伝いをしてくれないか。鯉がおなかを空かせて待っていると思うんだが、俺も、彗くんも、少し仕事の話がある。話が終わったら、俺たちも池に行くから」

基親が言った「手伝い」と「仕事」という言葉に、雅裕は「大事なことを頼まれている」と思ったらしく、もう一度彗を見ると、

「おてつだい、いってくる！」

そう言って、女性と一緒に応接間を後にした。

二人になって、最初に口を開いたのは彗だった。

「あの…、車に傷をつけてしまって、本当にすみませんでした。修理代は支払いますので、請求して下さい」

そう言って頭を下げる。

だが、基親は笑って頭を横に振った。

「あの程度の些細な傷は、知らぬ間につくことも多い。気にするな」

「でも、今回は知らない間じゃないです」

すぐに返した彗に、

「これはなかなか強情だな。まあ、だからこそあの家でへこたれずにやってこられたんだろうが……」

基親はそこまで言って一度言葉を切り、続けた。

「あの家の噂《うわさ》は聞いている。あそこにいても、君たち二人には悪影響しかないだろう。このまま、ここに留《とど》まれ」

「……それは」

「何か困ることがあるか?」

難色を示す彗にすぐさま聞き返してくる。

「俺もまーくん…雅裕も、あの家に世話になってたとは言っても、加納さんの血筋の人間じゃないです。だから、ここで世話になるわけには……」

「だが、こちらとしては雅裕くんには居てほしい。現当主の祖母には、多少認知症状が見られるんだが、デイケアなどに行くのは嫌がっていてな。俺も何かと忙しく、祖母の側《そば》にずっといるわけにもいかん。子供がいれば刺激も増えるし、祖母も『自分が世話をしてやらなければ』というような意識が働いていいんじゃないかと思っている。もちろん、実際の世話は、先程も顔を見せたが須磨さんを始めとした手伝いの者がする。……母親とも会えない上に、君もいないという状況は雅裕くんにとっては精神的な負担になるだろう。だから、君にもここにいてほしい」

基親の言い分は分かった。だが、彗は一つ引っかかることがあった。

「……姉のことを、どこまでご存知《ぞんじ》なんですか？」

雅裕が分家に預けられたことを知って迎えに来た様子だし、彗のこともいくらか知っているようだった。

もちろん、調べたのだろうが、何をどこまで知っているのか気になった。

「土屋氏と離婚の話で揉めている最中に階段で足を滑らせて、まだ意識が戻っていない、ということは聞いている」

その返事に、朋美のこと自体は親戚からそういう説明を聞いただけなのかもしれないと思う。

――……どうするのが一番いいんだろう…。

現状で彗が一番に望むのは、雅裕ができるだけ寂しい思いや悲しい思いをせずに済むことだけだ。

こども園でも楽しく過ごせている様子だし、彗も家にいる時はできるだけ雅裕の側にいて遊び相手をしているつもりだ。

だが、雅裕はまだ子供で、どうしてもはしゃいで飛んだり跳ねたりしてしまうことがある。そんな時にはすぐ、伯父夫妻のどちらかが階段下から怒鳴りつけてきて、雅裕が萎縮《いしゅく》してしまっているのは分かっていた。

「雅裕は、病気がちなせいもあるのか基本的にはインドア派ですが、それでも子供特有の騒がしさはありますし、車にぶつかってしまったことでもおわかりのように、大人から見れば突拍子もないことをしてしまって、ご迷惑をかけることになるかもしれません」

普段、子供と接することがなければ、「大人しい」と言われている子供の相手でも、うるさく思うことはある。まずそのことを聞いてみた。

「うちに手伝いに来てくれている人には皆、孫なり子供なりがいるから、その辺りの対応は問題ない。それに、見ての通り無駄に広い家だからな。多少雅裕くんが騒いだところで、気になるほどではないだろう」

ふんわりと笑みながら基親は言うが、彗はもうひとつの不安を切りだした。

「ここには、どの程度の期間、お世話になれますか？　雅裕は急に母親と会えなくなって、住んでいた家からも追い出されて……落ち着かない間の転居で、さらにここも一カ月や二カ月で出ることになったら、雅裕に負担が大きすぎるので……姉が元気になって親子で暮らせるようになった場合は別として、できるだけ落ち着いてここで過ごせる時間を保証してもらいたいんです。仮に、不幸なことになったとしても……せめて、小学校に上がるまでは……」

彗の言葉に基親は頷いた。

「君は本当に、雅裕くんのことを大事にしているんだな」

「当然です。甥っ子ですから」

もしかしたら――考えたくもないが、最悪の場合、ただ一人の肉親になってしまうかもしれない。厳密には血のつながりのある親戚は伯母も含めてまだいるが、心情的には、彗にとって血縁と呼べるのは姉と雅裕だけなのだ。

その二人を大事に思うのは、彗にとって当然のことだった。

「こちらから退去を促すつもりはない。頼んでここに来てもらうわけだからな。母屋《おもや》で寝起きするのが気が引けるなら、離れの一つに住むといい。母屋とは回廊で繋がっているが、別に玄関もある」

母屋でさえ他にもまだいくつも部屋がありそうだが、それに加えて「離れの一つ」ときた。つまり離れが少なくとも二つはあるということだろう。

彗から見れば、異次元の金持ちという感じがした。

「ここにお世話になるとしたら、どの程度生活費を納めればいいですか？」

異次元の金持ち相手だとしても、無償で世話になる気はないし、なれるとも思っていないので、こういったことは最初に聞いておくべきだ。

——離れを貸してくれるってことになったら、同規模の間取りのアパートの家賃くらいは考えないとだろうな。それに加えて食費と、光熱費……。

どの程度の金額になるか分からないが、ある程度のまとまった出費になることだけは覚悟する。しかし、彗の言葉に基親は笑った。

「さっきも言ったが、こっちが頼んでここに来てもらうんだから、基本的な生活面での負担は一切考えなくていい」

その申し出に彗は頭を横に振った。

「ありがたいですけれど、それは、ダメです」

「意外なことを言うな。なぜだ？」

心底不思議だといった様子で問う基親に、

「加納さんが必要としてくださっているのは雅裕ですよね。あくまで俺は雅裕の『おまけ』ですから、最低限、俺の分だけでも受け取っていただけないと、居心地が悪いんです」

彗が返すと、基親は愉快そうに笑った。

「律儀《りちぎ》だな。……そういった律儀さは、嫌いではない。細かな額面は後ですり合わせるとして、承諾と見なして構わないか？」

基親の言葉に彗はほんの一瞬、迷った。

自分の決断が雅裕の今後に関わるという不安と、初対面の基親からもたらされた幸運という以外にない申し出を受け入れていいのか分からなかったからだ。

頷けば、すべてが進んでしまう。

それが怖かった。

――もし、俺の決断が間違ってたら……。

雅裕に、何かあったら。

それが一番怖い。

「……あの、ものすごく失礼なことをお伺いしていいですか」

「なんだ？」

「加納さんは、小さい男の子が、好きな人だったりしますか？　その、性的な意味で」

雅裕をと望む理由は「祖母のため」だと言っていた。それを信じないわけではないが、プラスαの理由がないとも限らない。

だから失礼を承知で、基親の気持ちを害することも分かって、聞いた。

だが、基親はその言葉に、声を出して笑った。

「まさか、そう聞かれるとは思わなかったな……。小さい子供を『和む』という理由で可愛いとは思うが、性的な対象として見たことはない」

笑って、淀《よど》みなく返してくる基親に彗は謝った。

「すみません、変なことを聞いて」

「いやいや、用心するに越したことはない。安心できない場所に住むのはストレスにしかならないからな。安心してもらえるように、細かな取り決めを書面にしておこうか？」

「いえ、そこまでは……」

「今の時点で他に不安に思うことはあるか？」

「大丈夫です」

「では、これからよろしく頼む」

そう言われて、彗は慌てて頭を下げた。

「こちらこそ、よろしくお願いします」

それからすぐ、基親は部屋に人を呼び、伯父夫妻の家にある彗と雅裕の荷物をすべて持ってくるように伝えた。

彗はこのままここで待っていればいいと言われたが、そういうわけにもいかないので、荷物を取りに行ってくれる使用人たちと一緒に、一旦《いったん》伯父夫妻の家に戻った。

本家の使用人と戻ってきた彗に、伯父夫妻は驚いていたが、彼らへの説明は一緒に来た家令の磯崎《いそざき》が引き受けてくれ、彗は二階の部屋で荷づくりをした。

社員寮から引きあげた荷物もほとんどがまだ段ボールの中に入ったままだったし、そもそも荷物がさほど多くなかったので、荷物を積み終わるまで一時間ほどで済んだ。

最後に残った荷物を持って階段を下りてくると、玄関には磯崎と伯父夫妻が立っていた。

何か言いたそうな伯父夫妻の前で、彗はぺこりと頭を下げた。

「磯崎さんから、事情はお話しいただけたと思うんですけど、雅裕くんと一緒に本家でご厄介になることになりました。今まで、ありがとうございました」

それに伯父夫妻が口を開くより先に、

「いろいろご心配はあろうかと思いますが、お二人は加納家当主が責任を持ってお世話をなさいますので気を揉まれませんよう」

磯崎はそう言って彗に視線を向けた。

「では、参りましょう。当家で若旦那《わかだんな》様もお待ちですから」

うながす声に頷き、彗はもう一度二人に軽く頭を下げて伯父夫妻の家を出た。

◇
◆
◇

本家に来た時と同じように、玄関の車寄せに車が止められ彗が車を降りようとすると、そこには基親と一緒に並んで雅裕が迎えに出てきていた。

「すいちゃん、すいちゃん！」

片方の手を基親にしっかり握られ、もう片方の手を彗に向かってにこにこしながら振っている。

車から彗が降りると、基親が雅裕の手を離し、雅裕は彗の足に抱きついた。

「すいちゃん、おかえり」

ギユッと足に抱きついたまま、顔だけ上に向け、笑顔で言ってくる。

「まーくん、ただいま」

「あのね、こいさん、いっぱい！　もとくんといっしょにごはんあげたの」

「もとくん？」

誰のことだろうと思って聞くと、雅裕は基親を指差した。

「もとくん」

紹介され、基親はふっと笑った。

「そういえば、名乗るのを失念していたな。加納基親だ」

「あー、柳田彗です」

条件反射で彗が名乗ると、基親は笑ったままで「知っている」と返してきた。

そこで一応話が途切れたと感じたのか、雅裕がまた口を開いた。

「すいちゃん、こいさん、ごはんあげにいこ！　きれいなの、たくさんいるの」

足に抱きついていた手を離し、彗の手を摑んで池に連れて行こうとするが、

「もう、じきに暗くなる。明日、明るくなってからまた一緒に、三人で見に行こう」

基親が雅裕に諭すように言う。

「あしたも、ごはんあげていい？」

「ああ、もちろんだ。もう、今日は鯉もご飯をいっぱい食べただろうからな」

「じゃあ、あした、すいちゃんもいっしょに、ごはんあげる」

少しの時間一緒にいただけで、雅裕はすっかり基親と仲良くなったようだ。

「では、中に入ろうか」

基親に促され、彗は雅裕と一緒に玄関に入った。

そのまま通されたのは母屋の客間だった。

客間といっても、親戚宅で使っていた六畳間よりも倍近い広さがある。

玄関先で話している間に荷物を運んでくれていたらしく、先に到着していた。

「明日の午前中に離れを掃除して、午後には移れるようにしておくから、今夜はこの部屋を使ってくれ」

「いろいろ、ありがとうございます」

彗が頭を下げると、雅裕は不思議そうな顔をしてから、基親を見て、ぺこりと頭を下げる。

基親は微笑んで雅裕の頭を撫でた。

「いい子だな」

褒められて雅裕は、照れたように笑ってから、

「すいちゃん、まーくんのおうち、きょうからここになるの？」

そう聞いてきた。

それに彗がどう答えようかと思っていると、

「ああ、そうだ。今夜はこの部屋で寝て、明日、池の向こうにあった家に引っ越す。そこが雅裕くんの新しい家だ。毎日、池の鯉を見られるぞ」

基親がそう返し、雅裕は池の鯉というキーワードに目を輝かせた。

「まいにち！」

「そう、毎日だ」

よほど鯉に餌をあげたのが楽しかったのか、雅裕は嬉しそうににこにこして、かかとをぱたぱた、上げたり下げたりするが、不意にハッとしたようにその足を止めた。

伯父夫妻の家では、その足音さえうるさいと叱られたからだ。

だが、誰も怒ってこないのに、すぐ安心したような顔をする。

その様子に、雅裕があの家でどれだけ窮屈な思いをしていたのかを改めて知り、彗は胸が痛んだ。

それと同時に、少なくともここでは、そんな些細なことでは怒られることはなさそうなので、本家に来る決断をしたのは、雅裕にとっては今の時点では――これから何があるのか分からないが――いいことなのかもしれないと思った。

雅裕の話がまだ続きそうだったので、とりあえず三人共畳に腰を下ろして鯉の話を聞いていると、すぐに客間の外から使用人の声が聞こえた。

「若旦那様、お食事の準備ができました」

その声に基親は彗と雅裕を見ると、

「夕食にしよう」

先に立ちあがる。それに続いて彗と雅裕も腰を上げ、基親と部屋を出、夕食の準備がしてあるダイニングへと向かった。

大きなダイニングテーブルが据えられていたが、やはりここももともとは和室だったのだろう。その当時の名残《なごり》があるが新しく入れられた調度類となじむように改装されていて、大正ロマン風といった感じだ。

その大きなテーブルに準備されていたのは、どこの旅館の夕食かと思うような豪華な和食だった。

「すごい……」

「すいちゃん、おはな！」

綺麗に飾り切りされた花形のニンジンを指差し、雅裕が目を輝かせる。

「すごいね、お花だね」

彗が返すと雅裕は嬉しそうに頷く。

雅裕を抱き上げてイスに座らせる。雅裕のためか、それとも来客用にそもそも準備してあったのかは分からないが、背の高さを合わせるための子供用のシートクッションが準備されていた。

そして彗も隣に座し、向かい側に腰を下ろした基親と一緒に食事を始める。

吸い物に小鉢、野菜の炊き合わせ、煮魚といった和食だったが、盛り付けが美しくてまるで料亭の食事だ。

雅裕は飾り切りに興奮し、朋美が家で食べさせていたものが和食中心だったこともあって、喜んで全部平らげた。

食事を終え、客間に戻って少し休憩していると風呂の準備ができたと声をかけられ、彗は雅裕と一緒に風呂に向かった。

その風呂も大きくて、雅裕は随分はしゃいでいた。

というか、本家に来てから雅裕はずっとテンションが高くてはしゃぎっぱなしだった。

そんな雅裕の姿は、伯父夫妻の家では見ることはなかった。ずっと我慢させてしまっていたんだなと彗は反省する。

しかし、テンションが高いままの状態が続くわけもなく、風呂に入っている間に準備されていた布団に寝転がると、雅裕はあっという間に寝入ってしまった。

いつもは少なくとも昔話を二つは話して聞かせないと無理なのに、今日は桃太郎が鬼退治に出ると言いだす前に眠ってしまっていた。

健やかな寝息を立てる雅裕の寝顔を彗が眺めていると、部屋の外から声が聞こえた。

「俺だ。少しいいか」

基親の声だった。

それに彗はそっと布団から抜けだし、襖戸《ふすま》を開ける。

「どうぞ」

「……雅裕くんは寝たのか」

部屋に入った基親は、布団でスヤスヤ寝ている雅裕に目をやり、静かな声で言う。

「はい。今日はずっとはしゃいでいたので…電池切れです」

彗の言葉に基親はふっと笑った。

「話があるが、かまわないか?」

頷くと、続き間に行こう、と基親は隣の部屋との境になっている襖を開けた。

同じ部屋で話すと雅裕を起こしかねないし、雅裕の耳に入れる必要のない込み入った話なのだろうということはそれで分かった。

向き合って座ると、さほど間をおかず、基親が切り出した。

「まずは、気にしていたここでの生活費についてだが、三食つき光熱費込みで一カ月四万でどうだ？」

出された金額に彗は驚いた。

「そんな……」

「高かったか？」

「逆です！　安すぎます！」

伯父夫妻の家では今回、家賃と光熱費で六万請求されていた。食事は彗が別に準備していて、これまでの二十日弱で一万五千円ほどの出費だ。

それを合わせて考えても、三食つきで四万は安すぎる。

「安くて怒られるとは思わなかったが……」

基親は呑気《のんき》な様子で首を傾《かし》げた後、

「彗の勤め先の寮費を調べて、これまでそのくらいかかっていたようだからと思ったんだがな」

と続けた。

「寮費は会社がいろいろ負担してくれてるから安いだけで……、普通のこの辺りのアパートの家賃の相場は……」

もしかしたら基親はそういう「一般庶民の暮らし」みたいなものを知らないのかもしれないと思ったのだが、

「うちでもいくつか賃貸物件を持っているから、相場は知っている」

基親はそう返してきた。

「だったら、どうして……。せめて伯父さんたちに払っていた額くらいは納めさせてもらわないと……」

気遣ってもらえているのかもしれないが、不当に安いと居心地が悪い。しかし、

「こっちの都合で転居をしてもらう相手に対して『金を請求する』こと自体、加納本家としてはしたくない。とはいえ、ただでとなると、彗の居心地が悪いだろう。それなら、寮にいたころの額を、というのがうちとして最大限譲歩できる金額だ」

基親は「それ以上は譲れない」といった様子で告げる。

――譲歩って……俺が譲ってもらってる感じなのに……。

そうは思ったが、この先のことを考えれば、負担が少ないのはありがたいのは事実だ。

「……分かりました。じゃあ、ありがたく、そのお値段で……」

彗が返すと、基親は満足そうに頷いた。

「では、この件はカタがついたとして……祖母のことだが」

「はい」

「祖母に、軽い認知症状が出ていることは昼にも話したと思うが、基本的にはしっかりしている。ただ、俺のことを、伯父……祖母の長男の宏親《ひろちか》さんと勘違いしているようだ」

「伯父さん、ですか……」

「ああ。俺は次男の息子だ。宏親さんは結婚しないまま、二十年近く前に亡くなっているんだが、祖母は俺が一緒にいると宏親さんが生きていた頃に戻ってしまうようだ。最初の頃は訂正していたが、祖母を混乱させるだけのことも多いから、今は祖母の世界に合わせている」

「そうなんですね」

「それで、俺のことは『若旦那』と呼んでもらえるとありがたい。宏親さんはずっと『若旦那様』と呼ばれていたから、働いてくれている人たちにも俺のことをそう呼んでもらっている」

「分かりました。そうします。まーくんにも、そう呼ばせた方がいいですか?」

彗が問うと、基親は少し首を傾げた。

「祖母の反応を見て、だな。祖母が雅裕くんをどう認識するか様子を見てから……」

そこまで言って基親は思いだしたように続けた。

「ああ、明日、二人には祖母に会ってもらうつもりだが、祖母は雅裕くんをどんな名前で呼ぶか分からない。日によって違う名前で呼ぶこともあるかもしれないが、その辺りのことを雅裕くんに伝えてもらえるとありがたい。どんな名前で呼ばれても、言いなおさずに返事をしてほしい、と」

「わかりました。おばあちゃんは言い間違いが多いけど、気にしないで返事をするように伝えます」

「助かる」

少しほっとしたように微笑んで、

「明日の午前中に離れの準備を整えておくので、午後には移れる。足りないものがいろいろ出てくるだろうが、すぐに言ってくれ。準備する」

そう言ってくれる。

「ありがとうございます……何から何まで」

「いや、助けてもらうのはこっちの方だからな。では、これからよろしく頼む」

基親はそう言うと、

「いろいろあって今日は疲れただろう。ゆっくり休んでくれ」

彗に労う言葉を掛け、立ち上がる。

それに彗も続いて立ち上がり、基親が続き間の方から廊下に出るのを見送った。

それから雅裕の眠っている客間に戻ると、雅裕の布団の傍らに腰を下ろした。

すやすやと眠る雅裕の顔を見つめながら、彗は小さく息を吐いた。

「これで、良かったのかな……」

願うのは、雅裕がよりよい状態で生活できることだけだ。

彗は大人だから「何か」が起きても、ある程度のことなら自分でなんとかできるし、最悪の場合「逃げる」という選択肢もある。

だが、雅裕は違う。

現状で雅裕を守ってやれるのは自分だけだ。

もし自分がヘタを打てば、雅裕を巻きこむことになる。

それだけは避けたかった。

――でも、加納本家は名士として通ってるし……。

だからこそ、いろんなことを隠蔽《いんぺい》する力を持っているということもあるだろうが、少なくとも基親や使用人たちからは嫌な感じは少しも受けなかった。

もちろん、最初だけ優しくて、あとは、ということもあるかもしれない。

――その時は、すぐに逃げられるように算段つけとこう。

頼ることのできない大人たちと過ごした数年で彗が身につけたのは、身動きが取れなくなる前に逃げる算段をつけておく、という考え方だった。

何も起きていないのに、基親たちを疑うような自分の考えに嫌になるが、「備え」は必要だと自分に言い聞かせる。

自分のやることが明確になれば、あとはもう考えない。

「悪いこと」を考え始めれば、芋《いも》づる式にあれもこれも心配事が増えて、何もないのに疲弊してしまう。

そんな悪循環は無駄なだけだ。

少なくとも、今夜は暖かでやわらかな布団で眠れる。

——とにかく、今日は寝よう。

ぐっすり眠って、明日のことは、明日考えよう。

彗は部屋の電気を消し、雅裕の隣に敷いてある布団にもぐりこんだ。

「まーくん、おやすみ」

起こさないようにそっと小さく声をかけて、彗は目を閉じた。

3

翌日、朝食を食べて少しした頃、客間に基親がやって来た。

「祖母に挨拶をしてもらいたいが、いいか？」

その言葉に彗は頷き、雅裕を見た。

「まーくん、これからおばあちゃんにご挨拶に行くよ。さっき、おばあちゃんのことお話ししたの覚えてる？」

彗が問うと、雅裕はうん、と頷いた。

「えっとね、おばあちゃんは、まーくんのこと、ちがうなまえでよんじゃうかもなの。でも、ちゃんとおへんじするの」

ちゃんと覚えてたでしょう？　とでも言いたげににこにこする雅裕に、

「雅裕くんは頭がいいな」

基親が褒める。それに雅裕は嬉しそうに笑う。

「では、行くか」

促す声に彗は雅裕と一緒に、基親の祖母の部屋へと向かった。

彼女の部屋は屋敷の奥の、鯉がいる池があるのとはまた別の中庭に面した場所にあった。

「失礼します」

廊下から基親が声をかけると「お入り」と少ししわがれてはいるが張りのある声がした。

その言葉に基親は襖戸を開け、先に中に入り、その後に彗と雅裕も続いた。

現当主だという基親の祖母は、籐《とう》イスに腰を下ろし、拡大鏡を片手に本を読んでいるところだった。

その傍らには初めて見るお手伝いらしき女性が立っていたが、彗たちに視線をやるとすぐに彼女の側を離れ、部屋の隅にある茶器セットでお茶の準備を始めた。

「宏親、朝ごはんは食べましたか」

祖母の言葉に、基親は頷いた。

「ええ、いただきました」

「今日のおみおつけの味、薄くはなかった？」

「お医者様に塩分を控えるように言われたでしょう？　だからですよ」

基親が言うと、彼女はため息をついた。

「少し血圧が高いくらいで、大袈裟《おおげさ》に」

「大袈裟くらいで丁度いいでしょう。長生きしてもらわないと困りますし」

「まったく、おまえは口がうまい」

笑う彼女に、基親は軽く微笑むと、

「ご紹介しておきたい人がいて、来たんですよ。今日から、離れに住んでもらう柳田彗くんと、雅裕くんです」

基親は流れで紹介した。

それに彗は慌てて頭を下げた。

「柳田彗です。よろしくお願いします。こっちは、甥の雅裕です」

彗が言うと、雅裕は
「つちやまさひろです」

にこにこしながら名乗った。

それに彼女は雅裕を見ると、

「おや、基親。遊びに来ていたのね。こっちへいらっしゃい」

手招きをした。

どうやら、基親の子供のころと混同しているようだ。基親のことを宏親と呼んでいたから、彼女の中では整合性が取れているのだろう。

とはいえ雅裕は戸惑って、彗を見た。それに彗は頷く。

「行っておいで」

促す彗の言葉に雅裕は立ち上がり、イスに座す彼女の許《もと》に向かった。

「幾つになったんだったかしら？」

優しい目で雅裕を見て問う。それに雅裕は親指以外の指を四本立てた。

「よんさい」

「まぁまぁ、もうそんなに大きくなってたのねぇ。水江《みずえ》さん、基親にお茶菓子を出してあげて」

その言葉にすでにお茶を準備して控えていた手伝いの女性がお茶とお茶菓子をお盆に載せて近づき、祖母の前のテーブルに置く。

「操《みさお》様、熱いので気をつけてくださいね」

その言葉に祖母——どうやら操という名前らしい——は頷いてから雅裕を見た。

「熱いから、冷めるまで待ちなさいね」

「うん！」

雅裕の返事に操は目を細める。

その間に手伝いの女性は彗と基親の許にもお茶を持って来た。

そのまま、お茶を飲み終えるまで操の部屋にいたが、基親と勘違いされていても雅裕は特に気にした様子もなく、単純に「名前を呼び間違えられてる」程度の認識で、聞かれるままこども園の話などをしていた。

彗のことはどう認識したか分からないが、特に触れてはこなかったので、操の中で彗の存在は特に「気にならない」レベルなのだろう。

いろいろと突っ込んで聞かれたら、返事に困ることもあっただろうからかえってありがたかった。

その後、お茶を飲み終えたタイミングで彗と基親は操の部屋を出ることになったが、雅裕はそのまま操の部屋にいることになった。

なぜなら、話しているうちに雅裕の大好きなアニメの放送時間になり、操の部屋のテレビで見ることになったからだ。

「このまま、お預かりしておきますのでどうぞご心配なく。雅裕くんが戻りたがったら、お連れ致します」

水江がそう言ってくれたので、あとを任せることにしたのだ。

部屋を出て客間へ戻る途中の廊下で、手伝いの須磨が、離れの掃除が終わったと伝えてくれた。

それで、客間の荷物を離れへと運ぶことになったのだが、案内された離れは、想像以上に大きかった。

母屋と回廊で繋がる離れなので、一間程度の小さなところだと思っていたが、八畳と六畳の二間があり、簡易キッチンと足を曲げて入らねばならないサイズとはいえ、ちゃんとした風呂がついていた。

「こんな広いところ……」

「そうか？　二人で寝起きするならこのくらいは必要だろう？」

本当にそう思っている様子で言う基親に、彗は慌てて頭を横に振った。

「まーくんと二人なら、一間でも充分ですよ……。こんなに広いところに住まわせてもらうのに、あんな金額だと、釣り合いが取れないです」

食費光熱費コミコミで四万という破格すぎる値段に昨夜は戸惑いつつもありがたさを感じたが、今はむしろ罰《ばち》があたりそうだと思う。

だが基親は、

「合意した話を蒸し返すものじゃない」

と、取り合おうとはしなかった。

「でも……、せめてあと一万くらいは」

食い下がろうとする彗に、基親は少し間をおいてから、

「気が済まないというなら、では、俺の話し相手になってもらおうか」

そんなことを言ってきた。

それはあまりに突拍子もない申し出で、彗は戸惑った。

「話し相手、ですか……？」

「ああ。俺は、友達らしい友達というのがいなくてな」

何の気負いもなく、事実をありのままといった様子で基親は言ったが、逆に彗が戸惑った。

「え？　もとち……若旦那様、まさかの『ぼっち』なんですか？」

思わず聞いてしまったが、基親は気にした様子もなく笑った。

「学生時代は、学校生活が不自由にならない程度の友人はいたがな。とはいえ、加納の跡取りとして特別扱いだったから、その頃でも気軽に話せる相手はいなかった。今となっては『加納』の名前がさらに重い」

「はぁ……。でも、話っていっても、俺、特に話が得意ってわけでもないですよ？　聞くだけなら聞きますけど、インコかオウムに話しかけた方がいいレベルかもしれません」

別世界の人すぎて、気の利いた言葉など返せそうにもなくて、本当に相槌を打つだけになりそうだ。

だが基親は、

「どんな話でも構わない。そうだな、会社の話をしてくれないか」

と、振ってきた。

「はぁ……、特におもしろい話とかはないんですけど…。あ、作業しながらでいいですか？」

とりあえず荷物は離れに運んだが、離れに据え付けられている家具や押し入れにしまう作業を雅裕がいない間に済ませておきたかった。

「ああ。手伝おう」

基親はそう言って持ち込んだ荷物を開封するのを手伝ってくれる。

「会社の寮は楽しかったか？」

「まあ…そうですね。楽しいって言うか、似たような年齢の男連中が集まったら、ろくでもないことしかしてない感じですね」

「ろくでもないこと？　具体的な想像がつかんが……」

「対戦できるネットゲームが一時期すごく流行《はや》って、寮のメンバーでチーム組んだんですよ。うちの工場って三交代勤務なんで、二十四時間誰かが寮で起きてる感じだったんで、だれがどの時間にログインするかとか、綿密にシフト組んでみたりして、必死でした」

国取り合戦のようなゲームで、同じシフトの数人ずつが一部屋に集まって、携帯電話やパソコンでどう攻めるかを相談しながら必死になって遊んでいた。

「一時期、ということは、今は下火なのか？」

「主軸だった先輩たちが去年の春で独身寮を出ることになったんで、それを機会に解散って話になったんです。面白かったですけど、キリがないですしね」

もちろん、他のチームに合流して続けている者たちもいるが、彗はそこで引退した。

「確かに、何事も引き際は大事だな。……今は、ゲームはしないのか？」

「チームを組んで対戦式でっていうのは、してませんね。一人で遊べるものなら時間つぶし程度にやりますけど」

朋美のＤＶが確信に変わった時期だったので、ゲームの引退はちょうどよかった。休みの日はできるだけ朋美に会いに行き、雅裕に影響が出ていないかを確かめることができたからだ。

もちろん、朋美にもその度にDVなら保護シェルターがあるし、相談に乗ってくれるところもあると伝えて説得していた。しかし、うるさがられて会えなくなると雅裕の様子も見られないし、強く言えず、事態を改善できないままで、一年が過ぎてしまった。

「一人で遊ぶのはどんな……」

どんなゲームかと聞こうとしたのだろうが、その時、基親の携帯電話が鳴った。通話の方らしく、基親はすまない、と断ってから電話に出た。

「もしもし……ああ、世話になっているな。……そうか、ああ、分かった。……予定通りか？ ならよかった。……では、改めて」

仕事の話なのか、ごく事務的に思える口調だったが、電話を終えると彗を見て言った。

「病院からだ。事後承諾ですまないが、朋美さんを別の病院に移した」

「え……？ 別のって…何かあったんですか⁉」

意識が戻っていないという状態は、彗にとっては危険にしか思えなかった。その朋美を別の病院に移したというのだ。最悪の事態さえ頭をよぎった。

「いや、変わりはない。ただ状態が安定しているとはいえ、こっちの病院は専門ではないし、最新機器の揃《そろ》った病院に移した方がいいだろうという話になっていたんだ」

そう説明されても、彗には戸惑いしかなかった。

転院などは家族の同意が必要ではないのだろうか？　今の時点でもう朋美の転院が済んでいるということは、誰が同意をしたのだろう。

――土屋さん…しかいないよな？　まだ、離婚は成立してないはず……、いや、姉ちゃんのかわりに伯父さんたちが勝手にってことも考えられる……。

怪我に関しては示談が成立したと言っていた。示談などと言っていたが、実際のところは伯父夫妻に金を積んだのだろう。その金で離婚関係の手続きを代理で行わせたとしても不思議はない。

だったら、連絡は彗のところに来るはずだ。

しかし、見舞いに行った時にも病院側からはそんな話は全く出なかった。

だが、今はそれより真っ先に確認したいことがあった。

「姉ちゃんの状態は？　大丈夫なんですか？」

「ああ、確認してある。問題ない」

肯定されて、彗はまず安心する。それから改めて疑問を口にした。

「転院の手続きは誰が？　土屋さんですか？　それとも、伯父さんたちが？」

可能性がありそうなのはそのどちらかだ。だが、基親は頭を横に振った。

「いや、手続きは俺がした」

「基親さん…じゃない、若旦那様が？」

「病院はDVの疑いありと判断しているし、あの分家の対応も疑問視しているからな。あの病院は言い方は悪いが分かりやすく言えば、うちの息がかかっている。それで加納に関わりのある事柄で何かあれば報告が来るようになっているんだ」

「そうなんですね……」

加納本家が地元の名士として有名なのは知っていたが、分家が本家とは遠い間柄だったし、彗自身は加納と関わりのない立場だったので、「凄いんだね」程度の感覚でしかなかった。

だが、こうして影響を与える具体例が身近になると、それを実感せざるを得ない。

「報告を受けて、一通り調べさせた中で、雅裕くんや彗の置かれた状況が分かったんだ。それで、二人をここに引き取るつもりで、昨日はあそこに行った。あの分家がなんとかしてうちに近づきたいと思っているのは分かっていたからな。二人を預かりたいと言えば嫌だと言わないことは分かっていた」

続けられた言葉に、彗は湧いた疑問を口にした。

「じゃあ、おばあさんのためっていうのは、話をうまく収めるためのついでの話だったんですか？」

「ついでと言えばついでだが、一番しっくりくる言葉に置き換えるなら『ちょうどよかった』という話だな」

「ちょうどいい……？」

何がちょうどいいんだろうかというのが新たな疑問だ。

「祖母は、雅裕くんの世話をするのに楽しみを見いだすだろう。俺が子供の頃、ここへ遊びに来た時も不肖の次男の子供でも祖母は何くれとなく世話をやいてくれたし、そもそも子供が好きな人だからな。そして、俺にはおまえという話し相手ができた」

そう返すと基親はふわりと笑い、

「これからもよろしく頼む」

と言ってくる。

その様子に彗は毒気を抜かれて、はぁ、と返すしかなかった。

だが、朋美のことはきちんと自分で把握しておかねばならないとすぐに思い返した。

「姉の容体は本当に変わりないんですか?」

「ああ。おまえにとっては、あまり望ましくない状態だが、安定している。だから転院してもらった」

「転院先の病院にも、見舞いに行くことはできますか?」

「彗なら問題ないだろう。雅裕くんは、無理だな。それはこれまでの病院と同じだ。ただ、DV被害の心配がある患者ということで、面会は事前に申請した者だけに限る。その手続きを行っておこう」

「転院先の病院は……?」

「城崎《しろさき》総合病院だ、ここからだと少し遠いな。車で一時間ほどか」

基親が出した病院名は、地元の病院で対応できない病状の患者を受け入れているので有名なところだ。最新機器が揃い、そこに入れた多くの患者が無事に治療を終えて日常生活に戻っている。

そんな病院に転院できたということは、彗にとっては喜ばしいことでもあったが、それと同時に朋美の病状が思わしくないのかもしれないと不安にもなった。

「何か心配事があるか？　なんでもいい、言ってみろ」

表情に出したつもりはないが、気付かれてしまったらしく、基親はそう聞いてくれる。しかし、彗は頭を横に振った。

「いえ……。姉の病状が心配なだけで…大丈夫です」

基親が何を考えているのかは、いまいち掴めない。

――金持ち思考って、謎だよな……。

物事を考えているレベルというか視点が彗とは違っている気がする。

だが、悪い人のようには思えなかった。もちろん、正常バイアスみたいなものが働いて、悪い人だと思いたくないだけかもしれない。

それでも、今の自分が朋美や雅裕に対してできること、というのは限られすぎている。

――もし、基親さんが悪い人だったとして、俺が一番に守らなきゃいけないのは、ま−くんだ。

朋美が常に、雅裕のことを考えていたように。

彗は改めて自分を戒めるように胸の内で誓いを立ててから、

「……姉のこと、お任せしてしまっていいですか」

基親に言った。

「ああ、もちろんだ。こっちこそ、勝手をして済まなかったな」

「いえ、いろいろと考えてしてくださってるってわかってるので」

たとえそれが「加納本家」の体面を保つために必要なことだったとしても、結果オーライならそれでいい。

楽観的すぎるかもしれないが、考えすぎて自滅していざという時に動けなければその方が問題になる。

最悪の状態でも最低限の自分がしなければいけないことを決めて、どんな状況でも決めた通りに動けるようにしておく。

それが、彗が身につけた処世術のようなものだ。

——今は必要以上に悩むな。

彗はもう一度自分に言い聞かせた。

子供は順応力が高い、と言われているが、雅裕も例に漏れずその能力を存分に発揮して、三日もすれば、雅裕は本家での生活に慣れて、一週間も過ぎたこの頃では、生まれた時からこの生活をしてるような様子だ。

彗だけで世話をしていた時は、夕方に帰って来ていたが、今は朋美がいた頃と同じように四時間程で帰ってくる。

その送迎は本家の運転手がしてくれていて、帰ってくると操の部屋に行き、遊んでもらっている。

「ばばちゃんね、すごくいろんなことしってるの。そろばん、ぱちぱちするのもすごくはやいの」

彗が帰って来て眠るまで、雅裕は今日の出来事を朝から順に話して聞かせてくれる。

「ばばちゃん」というのは、操のことだ。

本家の現当主を「ばばちゃん」などと呼ばせていいのだろうかと思ったのだが、基親は構わないと言うし、操付きのお手伝いさんである水江に聞いても、操は「ばばちゃん」と呼ばれても気にしたふうはなく、むしろそう言って懐いてくる雅裕を可愛がっているので今のままでいいと言ってくれたので、甘えることにした。

一日の報告を聞くと、今日も元気に過ごしていたのが分かる。

そして元気にはしゃいで電池が切れるのも早く、一日の報告をするうちに言葉が不明瞭《ふめいりょう》になって、寝てしまった。

「まーくん、おやすみ」

ぐっすり寝入るまで見届けてから、彗はそっと布団を抜けて離れを出ると、回廊を通って母屋に入った。

そして、二階にある基親の部屋に向かう。

「若旦那様、彗です」

廊下から声をかけると、すぐに「入れ」と声がして、彗は襖戸を開け、中に入った。

やはりこの部屋も和室で、ベッドと仕事用らしい机とイスがあるが、それ以外の家具や調度類は完全に「和」だ。

基親は螺鈿《らでん》細工が施された座卓の前に腰を下ろし、酒を飲んでいた。

「失礼します。今夜は日本酒なんですね」

基親の前には冷酒器があり、それに合った肴が並んでいた。

「ああ。今日の肴がこれだったからな。合わせた」

「思ったのと逆だった。冷酒に合わせて作ってもらったのかと思いました」

彗は言いながら、基親の前の席に座布団を置き、自分が飲むお茶の準備をする。

雅裕が眠った後、基親の部屋で晩酌につきあうのが彗のここでの仕事——というと大げさだが、日課のようなものだ。

つきあうといっても、彗は酒を飲まない。

飲めないわけではないのだが、翌日が仕事の場合は飲まないことにしていて、飲むのは週末だけと決めている。

彗がお茶をセットして座すと、基親はそう聞いてきた。

「彗は、ここで暮らすのには慣れたか?」

「ぼちぼち、ですね」

「何か気になることがあるのか?」

「気になるというか……これまでの人生で一番の快適さなので、慣れたらまずいなと思ってる感じですね」

父親が生きていた頃の記憶はほとんどない。

女手一つで子供二人を育てるのに母は忙しく、そんな母の姿に子供なりに「手伝うこと」があれば積極的にやってきたし、母が亡くなってからは朋美と二人でいろいろなことを支え合って——というか、ほとんど朋美に背負わせて——やってきた。

だが、ここでの生活は快適そのものだ。

三食、きちんとした食事が準備されているし、日常のこまごまとしたことは全て屋敷の使用人たちがしてくれる。

洗濯物にしても、ついでですからと基親たちの分と一緒に洗ってもらえて、彗は畳み終えられたものを部屋でしまうだけだ。

雅裕の世話にしても、夕食は彗が帰るのを待つと遅くなることもあるので、操と先に済ませてくれているから、風呂と寝かしつけしか、今はしていない。

その風呂も母屋で使わせてもらうので、足を伸ばせて快適だし、雅裕が上がる頃合いで須磨が来て着替えまでさせてくれる。

「至れり尽くせりってこういうことなんだなって実感しすぎてます」

「それなら、何よりだ。こちらとしても、雅裕が祖母の相手をしてくれるので助かっている。部屋にこもりきりの祖母が、雅裕に連れられてよく庭に出るし、久しぶりに買い物にも出かけたようだ」

基親の言葉に、彗は今夜雅裕が添い寝のおともにしていた新しいぬいぐるみを思い出した。

「ぬいぐるみを買ってもらったみたいで……。後で、請求して下さい、支払いますから」

それに基親は笑った。

「可愛い孫のための買い物だ。祖母の好きにさせてやってくれ」

「孫って……」

「日がな一日、部屋にこもって何度も同じ本を読み返すだけだったのが、買い物に行こうと意欲を見せて実際に行動に移すなんて、ここ、一、二年はなかったことだ。しかも、雅裕が興味を持っているアニメをいっしょに見て、登場人物を覚えようと頑張っているらしい。どういう方向であれ、やる気を見せてくれているのはいい変化だ。このまま、祖母の好きなようにさせてやってもらえるとありがたい」

そう言われると、返す言葉が見つけられなくて、

「じゃあ、お言葉に甘えます」

と言うしかなかった。

「存分に甘えろ」

基親は笑って返すと、

「それで、今日はどうだった？　やめると騒いでいた新入社員は？」

興味津々《しんしん》、という様子で聞いてきた。

晩酌の時、彗は会社での出来事や、高校時代の思い出などを話す。何が面白いのか分からないが、基親は面白がってくれるのだ。

「今日は普通って感じでもないですけど、シフトに入ってました。まあ、昨日の件は組長の指示がまずかったってこともあるんですけど、その後言葉尻を捕らえて騒ぎたてたことに関

しては、寮に戻って先輩からお灸《きゅう》を据えられた感じですね。組長も手が出ちゃったんで、始末書書かされてそれで手打ちって感じです」

新入社員の「やめる」宣言はこの時期の風物詩的なものだ。

彗の同期も「やめてやる」と啖呵《たんか》を切ったのは半分くらいいるが、実際にやめたのはその三分の一程度だ。しかもやめた者の大半は騒ぎを起こしたとかそういうわけではなく、ある日突然「合わないのでやめます」と辞表を出した。

「新入社員は、分からないことがある中で曖昧《あいまい》な指示を出されてってとこなんで、そこまで問題にはならないんですけど、組長に関してはなかなか曖昧な指示が改まらないんで……そろそろ替えるかって話になってるっぽいです。それで余計に焦ってるっていうか、悪循環っぽいような」

「正しく伝わるようにするというのが今の風潮というか流れだからな。無論、言葉にない部分を推し量る技量も必要だが、そこに甘えて伝え方をおろそかにするのとでは違う」

「そうなんですけど、なかなか難しいみたいっていうか、俺もできてるとは言い難いんでなんとも……」

彗は苦笑して返す。

自分が新入社員の頃には「どうしてもっと分かりやすく伝えてくれないんだ」と思ったが今では「これ以上どうやって噛み砕けば分かるんだ」と悩む。

適切な表現方法があるのだろうが、それが分からないのだ。

「思えば、みんなでゲームをしてた時は共通言語があったから楽だった気がします。馬戦力六くらいの感じで出力する、とか、偵察五くらいの用心さで、とか……。思えばあの一体感って貴重だったんだなぁ……」

「では、またゲームを広めるか？」

笑って聞いてくる基親に彗は肩をすくめた。

「ダメです。あれ、本当にプライベートを犠牲にしちゃうんで。あれやってた二年くらいの間で彼女と別れたっていう人、続出しましたからね」

「彗もそのパターンか？」

「いえ、俺は彼女はいなくて、休みの日の予定は姉ちゃんやまーくんと会うくらいだったから……」

そう返してから、彗は朋美のことを流れで聞いてみることにした。

「姉ちゃんのこと、病院から何か連絡ありましたか？」

転院して以降、病院の窓口は基親がしてくれている。彗は仕事中、電話に出ることも難しく、忙しいとはいえ家で仕事をしている基親ならすぐに動くことができるし、転院先も加納とパイプがあるらしいからだ。

「病状は安定しているから、心配はない。面会については申請をすませているが、許可連絡はまだ来ていない。できるだけ、急いでもらうように伝えておく」

基親の言葉に、

「お手間を取らせてすみませんが、お願いします」

彗は頭を下げた。

「彗が頭を下げねばならん話ではないだろう？」

「でも、俺の姉ちゃんのことで……若旦那様には何の関係もないことじゃないですか」

自分が加納の血筋なら、本家とはそういうもの、ということで理解できるのかもしれないがそうではないのだ。

この家に世話になっていることだけでも、してもらいすぎなのに、そのうえ朋美の件でも手を煩わせていることが申し訳なかった。

「いや、転院をさせたのは俺の独断だからな」

「……今の病院で、新たな検査とか、あったんでしょうか……」

最新機器が揃っているからというのも転院理由の一つだったはずだ。そこで検査を受ければ、病状がもっとはっきり分かって、回復の目処《めど》のようなものが分かるかもしれないと彗は期待していた。

「いや。転院の移動での疲れが出ている間の検査はしない方がいいとの判断で、先週は様子をみていたようだ。今週からいろいろ検査をすると言っていたが」

「そうですか……」

返しながら、彗の表情は曇らざるを得なかった。

姉の病状の心配だが、もう一つ心配なのは入院費用のことだ。

まだ請求は来ていないが、その請求が自分のところにくるかもしれないのだ。

——姉ちゃん、保険に入ってたと思うけど、その辺りの書類は土屋さんのところだろうし
……、ていうか、離婚が成立してたりはしないよな？

離婚の話の最中に揉めたと聞いている。

だから朋美が怪我をした時点ではまだ離婚は成立していないはずだ。

それなら、請求は夫である土屋の許に行くだろうが、土屋が支払うかどうかが分からない。

——その場合ってどうなるんだ？　やっぱり俺に来るのか……？

まさかこんなことになると思っていなかったし、そういったことの知識が彗にはほとんどない。

何から調べればいいのかも分からないし、そもそも自分の立ち位置も分からなかった。

「何か不安に思うことがあるなら言ってくれ」

彗の表情から読み取ったのだろう。基親がいたわるような声で聞いた。

だが、その言葉に彗は頭を横に振る。

「いえ……、姉ちゃんの様子が心配なだけです…」

嘘ではない。

それに基づいた様々な不安も大きいというだけで。

「全力を尽くしてもらうように伝えてある。……すまないな」

「若旦那様が謝ることじゃないです。むしろ、感謝することばっかりです。まーくんも落ち着いてくれたし、俺まで世話になって」

そう返した彗に、基親は笑う。

「俺も感謝しているぞ。楽しい話し相手ができた」

「さほど楽しい話題を提供できている気はしないんですけど……鋭意努力します」

彗も笑って返すと、

「そういえば、今日の昼休憩の時に……」

ごまかすように話題を変え、その後は朋美のことには一切触れず、いつものように晩酌の時間を過ごした。

4

「まさひろの、『ま』でしょ、それから、これが、まさひろの『さ』」

雅裕は「あいうえお表」に書かれている平仮名を指差して、彗を見る。

「すごいね、よく知ってるね」

風呂からあがり、寝支度を整えて眠るまでの僅《わず》かの間、雅裕は今日の勉強の成果を彗に披露してくれることが増えていた。

「ばばちゃんと、いっぱい、おべんきょしてるもん」

どこか自慢げに雅裕は言う。

操は、雅裕のことを基親の幼いころと混同したりしなかったり——ちゃんと雅裕だと認識している時もあるらしい——しながらも可愛がり、いろいろな勉強を教えてくれている。

そのおかげで、雅裕は平仮名の読みと、一ケタ同士の足し算はほぼ制覇したといっていい状態だ。

もともと利発な子だったが、朋美は子供のうちにいろいろなことを詰め込むより、少し体が弱いこともあるので、今は健康を重視して育てたいと考えていて、その辺りでも土屋と見解の相違があり、揉める理由の一つではあったのかもしれない。

――だからって、暴力振るっていいって話にはなんないし……。

ましてや不倫までしているとなれば、話にならないどころではないし、そのうえ、雅裕を放り出したのだ。

――育児放棄とかっていうんじゃないのか、実際問題として？

伯父夫妻のところにいた時は、日々の生活をこなすので精一杯でそんなことまで考える余裕がなかった。

だが、本家で暮らし始めて日常のことや雅裕のことの大半を本家の使用人が助けてくれているため、彗の生活に余裕ができていろいろなことを考えられるようになっていた。

ただ、考える余裕ができたのはいいのだが、どうしても悪いことばかりを考えてしまって、落ちこむことも多い。

特に「これから」のことについてだ。

――離婚が成立してるかどうかは役所で戸籍を見れば分かるんだろうけど、あれって俺が申請して見られるものなんだっけ？

朋美が姉だとは言っても、嫁いでいるので、その辺りが微妙だ。

それに、雅裕の養育費に関しても、伯父夫妻からは何も聞いていないので、今度ちゃんと聞かなくてはならないだろう。

それに、問題はやはり入院費用だ。

示談が成立していると伯父は言っていた。

ということは示談金の中に入院費用も含まれているということなのだろうか？

――でも、離婚が成立してないならまだ夫婦で、夫婦でも示談ってあるのか？

とにかく法的な知識は皆無といっていい。

ネットで調べようにも事情がやや複雑で、どう検索すればいいのか分からなかった。

「これ、すいちゃんの『す』でしょう？」

雅裕は表の「す」の字を指で示して言う。その声に彗はネガティブ方向に進んだ思考を止めて、雅裕を見た。

「まーくん、本当に賢いなぁ……」

褒めてやると雅裕は、照れたように笑う。

「ぼく、いっぱいおべんきょして、おいしゃさんになるの。それで、ママ、なおしてあげるの」

雅裕に詳しい病状を伝えられるわけもなく、「ママは大きな病気で入院をしてる」とだけ伝えてあった。

会えないのも「大きな病気」のせいだと理解してくれているが、会いたくないわけがないのだ。

だから、会える方法を考えて「医者になる」と言いだしたのだろう。

「お医者さんになるのか。じゃあ、俺が怪我をした時にも治療してくれる？」

「うん。しょーどくして、ほうたいまくの」

「まーくんが包帯巻いてくれたら、きっとすぐ治っちゃうね」

彗が言うと雅裕はまんざらでもない顔をする。

「お医者さんになるには、しっかり寝て、毎日元気じゃないとね。そろそろ寝ようか」

その言葉に雅裕は頷くと、あいうえお表をしまい、かわりに絵本を持ってきた。

「よんでー」

「『おおきなかぶ』、か。俺、この話好き」

「ぼくもー」

にこにこして返してくる雅裕と一緒に布団に入り、彗は絵本を読み始める。

今日もたっぷり遊んだのか、布団に入って読み聞かせを始めると、半分ほどで目蓋《まぶた》が下り始め、かぶを引き抜く前に、目蓋は完全に下りていた。

彗は絵本を閉じると、雅裕が完全に寝入るまで寝顔を見つめる。

――ママに会いたいよな……。

会いたいと駄々をこねることはない。

けれど、その物分かりの良さが、かえってつらかった。

「俺が、何とかしてやれたらいいのに……ごめんな」

小さな声で雅裕に謝り、彗はゆっくりと布団を抜け出す。

そして部屋の電気を消して、基親の部屋に向かった。

基親の今日の酒はビールで、明日が土曜ということもあり、今夜は彗も勧められたビールを飲んだ。

「あの……姉のことなんですけど」

会社での他愛もない話が一段落したのを見計らって、彗は切り出した。

「どうした？」

「見舞いの許可って、下りましたか？　元の病院でもかなり制限されてたから、そう簡単に会える状態じゃないっていうのは分かってるんですけど……」

この前、聞いてからかなり日が経つ。

週明けから検査を始めると言っていたので、もうそろそろ何か新しい情報があるかもしれないと思ったのだ。

基親は彗の言葉に少し考えるような間をおいてから、

「彗には、いろいろ話しておかないとならないことがある」

そう切り出した。

「……なんですか？」

改まった言い方をされて、問う声が少し震えそうになった。

そんな彗に、基親は少し微笑む。

「朋美さんに何かあったわけではないから、心配はしなくていい。……ただ、彗に話していないことがいくつかある」

「話してないこと……?」

彗の眉根が少し寄った。

「朋美さんの離婚は、まだ成立していない。今もまだ、土屋が夫のままだ」

「……やっぱり、そうなんですね」

「やっぱり、ということは予測はしていたのか」

基親の問いに彗は頷く。

可能性としては充分考えていたことだが、曖昧だったことにはっきりと答えが出て、すっきりとはした。

だが、基親の様子からは、あくまでそれは前置きで、本題はこれからだということが読み取れた。

「夫の見舞いを制限することはなかなか難しい。とはいえ、土屋が不倫相手と結婚したがっているからな。そのために極端な手段をとる可能性があった。それで、病状を理由に面会を極端に制限した。彗以外が見舞いに来た時は、絶対に看護師がその場についていることを義務付けた。何が起きるか分からないからな」

「そうだったんですね……」

「だが、土屋は見舞いには来なかったようだ。とはいえ、地元病院では何かと抜け道も多いからな。それで、容体が安定するのを待って転院してもらった。向こうの病院は見舞いにIDが必要になる部屋があるから、今はそこに入ってもらっている。彗のIDは近々届くだろう」

「そのくらい、土屋さんが危ないってことですか？」

「いや、念のためだ。ただ、病院側が体の古い傷などからDVを受けた形跡があり今回もその可能性があると警察に届けたから、土屋に任意で事情聴取をしている。無論、否定して、警察側にも証拠があるわけではないからすぐに帰されたが……」

「……伯父さんたちからは最初、離婚して、姉ちゃんが階段から落ちたことについても示談が成立してるって……。でも、正直全部が腑《ふ》に落ちなくて、信用はしてなかったんですけど、伯父さんに聞いても多分埒《らち》が明かないから……かといって、何をどういう風に調べればいいのかも分からなくて、モヤモヤしてました」

彗の言葉に、基親は小さく息を吐いた。

「彗が落ち着くまでと思って、説明を延ばし延ばしにしていたが、かえって心配を募らせていたようだな。すまない」

思いがけない謝罪に、彗は慌てる。

「若旦那様が謝ることじゃないです。……若旦那様のおかげで、俺もまーくんも、伯父さんのとこにいた時とは比べ物にならないくらい快適に過ごせてますし。ただ、快適な分考える余裕ができて、勝手に鬱々《うつうつ》としてたってだけです」

「では、彗を鬱々とさせている事柄を一つずつ、俺の知っている範囲で説明していこう。まず、分家が言っていた示談というのは、実際には示談ではない。彼らへのこの件への口止めのようなものだ。そもそも示談というのは、何かことが起きた場合に当事者間で話し合いをして解決することを言うんだが、被害者の朋美さんと意思疎通ができない現時点で示談は成立しえない。そして分家は彼女の代理人でもない。土屋としてはこの件に首を突っ込むな、これで終わらせろという意味を含めて、示談と言ったんだろう。示談という言葉は、『話を蒸し返さない』という意味合いを感じないか?」

基親の言葉に、彗は頷いた。

「感じます」

「土屋はそれを狙ったんだろう。あの分家も、がめついところがあるからな。もらえる金は断らないだろう。雅裕の世話を彗にさせて彗から金を巻き上げて……万々歳な青写真だ」

静かだが、彼らに対してははっきりとした侮蔑が含まれているのを彗は感じた。

「姉ちゃんの意識が戻らないうちは……離婚は成立しないってことですか?」

「場合によって一概には言えないが、朋美さんの場合はそうだ」

「姉ちゃんの場合は？」

限定的な言い方に彗は問い返す。

「朋美さんは、ＤＶ被害者であることを意識したころから、自分に何かあった時のための代理人を指定していたし、事前に離婚届の不受理申出をしていたから、土屋が離婚届を偽造しても役所では受け取ってもらえない。今はその代理人がいろいろと動いているところだ」

「そうだったんですね……。姉ちゃん、ちゃんと行動してたんだ…」

雅裕から父親を奪ってしまうことになるのを、気に病んでいた。

今だけ自分が我慢すればと思っていた朋美が、前向きに離婚について考えると彗に言いだしてさほどおかずに今回のことが起きたので、まさかここまで行動に移しているとは思わなかった。

「土屋も、そこまで準備をしていたと思わなかったんだろう。だから、焦っているはずだ。不倫相手の子供が生まれるまでに離婚を成立させたいと思っているだろうからな。ああいう手合いが切羽詰《せっぱつ》まると、何をしでかすか……非合法な手段を使う連中と繋がる可能性もあるから、用心をして、面会などに関しての制限が厳しくなってしまった」

説明をされれば、全部がストンと腑に落ちた。

「いろいろ、気にかけてもらって……すみません」

彗は改めて謝った。だが。基親は笑った。

「いや。雅裕がきてくれたおかげで、おばあさまは随分しっかりしてくれた。やはり、『誰かの世話をする』というのは張り合いなのだろうな。それに俺も、彗の話が面白くて楽しませてもらっているから、それで充分釣り合いは取れている」

「……若旦那様の天秤《てんびん》、ちょっとおかしくないですか？」

してもらっていることと、自分たちがしていることを秤《はかり》にかけて釣り合いが取れているなんてことは絶対にないのだ。

けれどその辺りを強く主張したとしても、どこか「暖簾《のれん》に腕押し」のようなところのある基親に効果がないのは、短いつきあいではあるが分かっているので、少し軽めの言葉で言ってみる。

のらりくらりと言葉を躱《かわ》す基親だが、言外に含まれる意味を見逃すような男ではないことも分かっているからだ。

「まあ、価値観は人それぞれだからな」

そんなことを言って、基親はふわりと笑う。

それにやっぱりな、と思いながら、彗は空になっている基親のグラスにビールを注いだ。

◆
◇
◆

翌日、彗は午後から雅裕といっしょに庭で遊んでいた。

午前中、雅裕は操の部屋で過ごしていた。朝食後、水江が操が呼んでいるといって、連れて行ったのだ。

雅裕は操とすっかり仲良しで、毎日楽しく過ごしている。

その間、彗は離れの掃除をすませた。

屋敷の使用人が掃除機くらいならかけると言ってくれたのだが、そこまで世話になるのは申し訳がなくて、毎日、ワイパーで軽く埃《ほこり》を取り、休みの日にしっかり掃除機をかけて雑巾がけをすることに決めたのだ。

もちろん、午前中ずっと掃除というわけではなく、掃除が終わって少しの間は自分の時間だ。読みかけの本を読んだり、携帯電話でゲームをしてみたり、少しゆっくりと過ごしていると、雅裕が「おひるごはん！」と呼びに来てくれた。

そして、基親と三人で昼食を取り――操はメニューが違うので自室で食べるのが常だ――、午後からは仕事が一段落したという基親も一緒に、雅裕の大事な仕事である「鯉の餌やり」につきあった。

中庭の池はいつの季節でも植栽が愛《め》でられるように考えて作られたもので、一つにつながっているが、大まかに三つに分けられている。

そのうちの一番大きな真ん中の池には欄干《らんかん》のない橋が架けられていて、その豪華さは、どこの観光庭園かと思うほどだ。

「老舗《しにせ》豪華旅館の域ですよね、もう……」

母屋から離れに向かう時に回廊からも庭を愛でることができるが、昼間にゆっくりと見ることは初めてで、彗はため息交じりに言う。

「三代前の主《あるじ》が、源氏物語に出てくる光源氏の邸宅に憧れて、それに近いものをと考えたらしい。まあ、予算の関係でかなり小ぶりになったらしいが」

「充分豪華です……」

正直庭の敷地だけで、三、四軒の家が建ちそうな広さだ。

「小さい頃からこういうところで育ったから、若旦那様はちょっとおっとりした感じに成長したんですか？」

聞きようによっては失礼かもしれないことを彗は問う。

だがそれに対する基親の答えは意外なものだった。

「いや、俺がここで育ったのは十二歳からだからな」

「え？」

思いがけない返事に彗が驚いた時、

「すいちゃん、みて、みて！」

雅裕がかけられた橋の上から池に餌を投げ入れて、集まってくる鯉の様子を指差した。

「すごいね、本当にいっぱいいるね」

「ぼく、あの、あかとくろとしろのこいさんがすき」

雅裕は少し遠い場所で優雅に泳いでいる鯉を指差して言う。

「すごく綺麗だね」

「ごはんだよー、たべにおいでー」

声をかけながら雅裕が餌を遠くへ投げようと大きく手を振り被《かぶ》って池に飛ばす。

だが、力加減や、投げるタイミングがおかしくて遠くまでは飛ばなかった。

「おいで、おいで！」

自然と、高い場所から投げたらもっと遠くまで届くかも、と思ったらしく、橋の上でピョンピョン跳びながら投げ始めた。

「まーくん、橋の上でピョンピョンしたら危ないよ」

彗は声をかけたが、跳びながら投げると少し遠くまで飛ぶことが分かり、雅裕はとにかく遠くまで投げることに夢中になった。

そして、投げることに夢中になるあまり、足元をちゃんと見なくなり、着地地点がずれて橋の縁《へり》を踏んだ。

「あ！」

着地のバランスが崩れ、そもそも前のめりになって投げていたこともあり、雅裕の体が池の方へと傾ぐ。

「まーくん！」

咄嗟に彗は腕を伸ばして雅裕を抱きとめたのだが、彗も万全の態勢だったわけではなく、池に落ちそうな雅裕の勢いに引きずられた。

「彗！」

その彗の腕を基親が摑んだが、咄嗟に雅裕と彗、二人を支えるのは難しく、結局三人仲良く池にダイブした。

幸か不幸か、池は思ったよりも深かった。

彗の腿《もも》あたりまでの深さがあり、おかげで池の底で体を打ちつけて怪我をするということはなかった。

条件反射ですぐさま雅裕を抱いたまま立ち上がったものの、頭の上までびしょぬれだ。

「大丈夫か？　怪我はないか？」

すぐ、一緒に池に落ちた基親が心配して聞いてくるが、同じくびしょぬれだった。

「まーくん、怪我はしてない？」

問うと、雅裕は頷いた後、

「こいさん、にげちゃった……」

落下物に驚いて、三々五々逃げだした鯉につまらなさそうに言う。

その様子に基親が笑う。

「これはこれは、大物に育ちそうな発言だな。先が楽しみだ」

と、雅裕の頭を撫でた後、

「だが、このままだとさすがに風邪をひく。風呂に行くぞ」

そう言って先に池から上がる。

そして後を追った彗から雅裕を抱きとると、もう片方の手を差し出して池から上がるのを手伝ってくれる。

池に何かが飛び込んだ水音に気づいたのか、それともたまたまか、回廊に須磨がやって来て、ずぶぬれの三人を見て目を丸くした。

「まぁまぁ。まだ泳ぎの練習には早い季節でございますよ」

何かあったのは察しているだろうが、わざとおどけて言ってくる。

「飛び込む前に気づけばよかったな。風呂に入れるか？」

「掃除は終わっておりますから、お湯をおとしながらお入りになってください。ああ、先にバスタオルを持ってきますね。それで少し拭いてからおあがりになってください」

須磨はそう言うと急いで一度母屋に戻り、すぐにバスタオルを持ってきた。

それでまず雅裕の服の上から滴《したた》るほどの水分を拭《ぬぐ》ってから、彗と基親も同じように拭うが、服がぐっしょりなので二度、バスタオルを絞って水分を取って、滴るのが少しマシになってから回廊へと上がって風呂場に向かう。

すでにお湯が張られ始めているらしく、中から音が聞こえていた。

「まーくん、服脱ごうね」

彗は声をかけながら雅裕の服を脱がせる。その間に基親も手早く服を脱いで先に風呂場へと向かったので、服を脱がせ終えた雅裕に後を追わせる。

「すいちゃんは？」

「俺は後で入るから……。若旦那様、とりあえず雅裕を温めてくれますか？　髪とかは夜に改めて洗うので」

自分まで一緒に入るというのは気が引けたし、濡れた服などを洗濯して着替えも準備してこなくてはならないのでそう言ったが、

「待っている間に彗が風邪をひく。一緒に入って、今のうちに髪も体も全部洗ってしまえば、夜に改めて入ることもないだろう」

基親が言い、雅裕も脱衣所に戻ってきて彗の手を引っ張った。

「すいちゃん、いっしょがいい」

「まーくん」

「いっしょ！」

「彗が入らないと、雅裕もそこで頑張って風邪をひいてしまうことになる。諦《あきら》めて入れ」

基親が笑いながら声をかけてくるのに、彗は根負けした。

「分かった。俺も入るから、まーくん、若旦那様と中で待ってて」

「ほんとにくる？」

「脱いだらすぐに行くから、はい、中に戻って」

彗が送り出すと、雅裕は風呂場に戻った。

彗が服を脱いで風呂場に入ると、基親と雅裕は湯が三分の一ほど入った湯船の中にいて、シャワーからもお湯を出してそれを浴びながら体を温めていた。

「来たな。おまえも早く入れ」

「すいちゃん、はやく！」

雅裕が手招きをするのに、彗もかけ湯をして湯船に入った。

母屋は風呂場自体が大きく、湯船もそれに見合った大きさで、大人二人と子供一人が使っても充分な大きさがある。

「よし、少し湯が増えたな」

「増えたっていうか体積が増えた分、増えたように感じるだけで……俺の体温の分だけどんどん湯が冷めていきます」

「それはそうだが、とりあえず胸の辺りまで湯が入るのを待つか。彗も寒いだろう、ほら」

基親はそう言ってシャワーを彗の方へと向けてきたが、わざと顔を直射してきた。

「ちょっと！　若旦那様！」

彗は慌てて顔を覆って隠す。それに雅裕が面白そうに笑う。

「子供みたいな真似《まね》しないで下さい」

顔を覆ったままで続けると、シャワーの水が避けられたので、手をどけるとそこを狙ってまたシャワーが顔にかけられる。

「もう、だからやめて下さいってば！」

彗は片方の手で顔を覆い、もう片方の手で湯船の湯をすくって基親の顔を狙ってかける。

「やるな」

面白そうに基親が言うのに、完全に遊んでいると思った雅裕が参戦してきて、両手で彗と基親にバシャバシャとかけてくる。

こうなると完全に水遊び状態だ。

基親も笑って続けているので、ひとしきり湯をかけ合って遊ぶうち、肩のあたりまで湯が溜《た》まった。

そこで一旦休戦し、体を温めてから彗は雅裕と湯船を出て、雅裕の髪を洗い始める。

「はい、まーくん、カッパのお帽子被って」

風呂場には雅裕の洗髪時に使う、目にシャンプー液が入らないようにするための昔ながらのシャンプーハットが置いてある。

離れにも風呂があるので、当初、彗はそこで風呂を済ませるつもりだったのだが、母屋の風呂に入ればいいと言われて、ここを使わせてもらっていた。

そのため、必要なバスグッズもここに置いてあるのだ。

髪と体を洗ってやり、もう一度湯船につかるように言うと、入れ替わりで基親が出てきた。

「俺も頼もうか」

そう言って、風呂イスに座る基親に、

「は？」

思わず素で聞き返した。

「俺も頭と体を洗ってもらいたい」

「子供じゃないんですから」

彗が呆れて返すと、

「大人が洗ってもらってはいけないという法律はないだろう？」

そんなことを言ってくる。

「法律にするまでもないだけで、常識の問題かと」

「まあそう言わず、頼む」

基親は笑ってごり押ししてくる。彗が断らないと確信してのことだ。

「じゃあ、頭だけですよ。体は自分で洗ってください」

譲歩して言うと、

「背中だけは頼む。自分ではなかなか力を入れて洗えないからな」

もっともらしい理由をつけてくる始末だ。

「断れない理由をつけてくるのが、なんだかなぁ。じゃあ、洗いますよ。まーくんは肩まで浸かって五十数えようか」

彗が言うと、雅裕は湯船に体を沈めて、「いーち、にーぃ……」と数えはじめる。

それを聞きながら彗は基親の髪を洗う。

髪を洗い終え、次は背中だ。

スポンジにボディソープをつけて泡立てていると、

「若旦那様、彗さん。みなさんの着替えを置いておきますね」

脱衣所から須磨の声がした。

「ありがとうございます」

彗が礼を言うと、

「雅裕坊ちゃまは、まだおあがりじゃありませんか?」

そう聞いてきた。

いつも須磨は雅裕が上がるタイミングを見計らって脱衣所に来て、先に雅裕を風呂から上げて着替えをさせておいてくれる。

今もそのころ合いをはかって来てくれたのだろう。

雅裕は五十まで数えた後、湯船のヘリに座り、のぼせないように待っていた。

「まーくん、先にお風呂上がって待っててくれる？」

彗が声をかけると、雅裕は「うん」と頷いた。

「じゃあ、もう一度肩まで浸かって十数えて。須磨さん、今から十数えてから、上がりますからお願いしていいですか？」

「はい、お待ちしてます」

須磨の声にかぶせるように、再び雅裕は数を数え始め、十を数えると湯船から出て脱衣所へと向かう。

いつものことなので慣れたものだ。

脱衣所で体を拭いてもらっている様子を感じながら、彗は基親の背中を擦《こす》っていく。

服を着ているとすらりとして見えるが、実際には意外にしっかりと鍛えられた体をしているのが分かる。

「若旦那様は、何かスポーツとかしてるんですか？」

「いや、今は何もしていないな。気が向いた時だけ軽くトレーニングをするくらいだ」

「じゃあ、昔は？　学生の頃とか」

「小学生のころはスイミングスクールに通っていた。中学からは剣道と弓道だな」

「あー、なんか若旦那様っぽいって感じします。剣道と弓道は何段ですか？」

——二段とか三段とかくらいかなぁ……。

そう思っていたのだが、基親の返事は意外なものだった。

「いや、段位は持っていない」

「え、なんでですか？」

「ヘタに段位を取ると学校の部活動に駆り出されるだろう。それが面倒に思えたからな。どっちも町道場へ高校二年まで通っていただけだ」

「そうなんですね……。なんか、それだけ通ってて段位を持ってないって、ちょっともったいない気がしますけど。履歴書に書けるじゃないですか」

そう言った彗に、基親は、

「引かれるかもしれないが、俺は履歴書を書いたことがない」

と、彗にとっては衝撃的な告白をしてきた。

「え？　就職活動とかで必要じゃないですか」

彗が初めて履歴書を書いたのは高校一年生でバイトを始めた時だ。

基親はバイトをする必要はなかったかもしれないが、就職活動はどうしたのかと思う。

「俺は大学卒業後、すぐにこっちに戻ったからな。それからは、加納本家の事業を管理している。よく言えば家業手伝い、悪くいえばニートだな」

基親がそう言って愉快そうに笑う。

「こんな優雅なニート、会ったことないです。っていうか、若旦那様、いつも何気に忙しそうですけど、本家の仕事っていろいろあるんですか？　……あ、背中終わったんでスポンジどうぞ」

彗はスポンジを基親に渡し、手や体に着いた泡を洗面器にすくった湯で流し終えてから、一度湯船に戻る。

「流れで全身洗ってもらえるかと思ったが、そうはいかなかったか……」

基親は苦笑しながら言い、自分で体を洗いながら、

「賃貸物件の管理が主で、あとは投資関係だな」

「投資かぁ……難しそう」

「始めるなら、なくしても惜しくない金額で始めた方がいい。興味があるなら手ほどきくらいはするぞ」

基親はそう言ってくれたが、

「惜しくないお金なんて、一円たりともないです。俺の大好きな言葉は『元本保証』なんで」

彗が言うと、基親は、

「嫁にしたいくらいの堅実さだな」

そう言って笑った。


風呂からあがってしばらくすると、夕食の時間になった。

平日は彗の帰宅が遅くなることもあるので——本家で世話になってから、雅裕のことを任せられるようになったので、これまで全部断っていた残業をすることもあった——雅裕は基親と先に済ませていることが多く、三人で夕食を食べるのは彗の休みの日しかない。

今日は一緒に池にはまってみたり、風呂に入ってみたり、レアなことが続いたからか、雅裕のテンションは高かった。

「すいちゃん、あかいおさしみ、とって」

雅裕がねだる。

「お皿の野菜食べたらね。さっきからお刺身ばっかり食べてるだろう?」

「おやさいたべるから、おさしみとって」

「だめ。食べてから」

雅裕は刺身が好きだ。

今日は大皿の刺身がメインで、小鉢での副菜が何品もついていたが、雅裕は何度も刺身を取ってとねだる。

「おさしみがいい」

「お野菜が先」

彗が頑として譲らずに返すと、雅裕は、

「おやさい、たべるから……ぼくのおさしみ、たべないでね」

刺身がなくなるのを危惧《きぐ》しつつ、小鉢のほうれん草のおひたしを食べる。

ほうれん草を食べ終えたのを確認すると、

「雅裕は野菜を食べられるいい子だな。ほら、たくさん食べろ」

基親が大皿の刺身を雅裕の皿へと移す。

「もとくん、ありがとう！」

一度に五切れも皿に盛られて、雅裕は目を輝かせる。そして、刺身に醤油《しょうゆ》をつけ、ご飯と一緒に口に運ぶ。

「うまいか？」

問う言葉に雅裕は、笑顔でコクコクと何度も頷く。

二人のその様子に微笑ましさを覚えるのと同時に、朋美が夢見ていたのは、こういう普通の家族の状況だったんだろうなと思うと、急に涙が込み上げてきた。

――ヤバ……。

一気に感情のスイッチが入ったように、声さえ漏らしそうになるのを堪《こら》えて目を押さえたが、

「すいちゃん、どうしてないてるの?」

雅裕に気づかれ、心配そうに聞かれた。

だが、それに応えようとしても嗚咽が出そうで黙っていると、

「わさびを入れすぎたか?」

ごまかすように基親が言った。

「わさび?」

雅裕が不思議そうに問うのに、基親は頷くと、自分の皿に添えられていたわさびを雅裕の皿に載せる。

「これと醤油をつけて刺身を食べてみるといい」

勧められ、雅裕は好奇心のまま、基親が皿にのせたわさびをすべて——大人が一度につける分量の半分以下ではあるが——刺身につけて、醤油を絡《から》めてご飯と一緒に、また口に運ぶ。

そして二嚙みほどした時、雅裕は噎《む》せた。

「ふぁっ、…はっ、あ、はながいたい……いたい」

涙目になって訴える雅裕に、

「痛いだろう? 彗も同じだ」

基親は笑って言いながら、雅裕が噎せて飛ばした米粒を布巾で丁寧に拭きとっていく。

「すいちゃん、いたい、いたい、おなじだね」

相変わらず涙目で言ってくる雅裕に、彗もまだ涙の残る目で頷いた。

◆◇◆

その夜の基親の部屋での晩酌は日本酒だった。

「もう、気分は落ち着いたか?」

最初の一杯を乾杯した後、基親はそう聞いてきた。

「え?」

「夕食の時に、泣いていただろう? 何を思い出した?」

その言葉に、彗は多少バツの悪い気持ちになりながら、

「姉ちゃんのことが、頭の中よぎって……。うちの父親が亡くなったのは、俺が四歳になる前だったんです。だから、俺は父親の記憶ってほとんどないんですけど、四つ上の姉ちゃんはいろいろ覚えてて。姉ちゃんは、多分、家族で揃ってご飯を食べるって普通の家庭の幸せ

みたいなのが欲しかったんだろうなって思ったら……いろいろ、なんか」

曖昧に濁しながら、説明する。

「確か分家に引き取られたのは、彗が中学生の時だったな」

「そうです」

「分家での生活は、快適とは言えなかっただろう。……恨みに思うようなことはないのか？」

その問いに、彗は少し考える。

「……恨む…、んー……それとは、ちょっと違う感じですね」

「恨んではいない？」

「恨んでないってだけで、ポジティブな感情を持ってるわけじゃないですよ。お金にがめついとこがあって、それには辟易《へきえき》してましたし。でも、虐待されたわけじゃなかったし、もし、伯父さんたちが家を貸してくれなかったら、俺と姉ちゃんは別々の施設に引き取られることになってたから……。そのことについては感謝してるっていうか、未成年に住む場所を提供してくれるがめつい大家だなって割り切って考えてたっていうか、そう思おうって姉ちゃんが言いだしたんで、俺もそれにならって生活してました」

ヘタに身内だと思えば腹が立つが、未成年に部屋を貸してくれていると脳内設定すれば、相場より高そうな家賃も、「闇《やみ》料金だからな」と思えた。

もちろん、そうすり替えなければ我慢できなかったとも言えるが。

「なるほどな。……彗のことも、実は少し調べたが、高校時代の成績はかなり優秀だったようだ。大学への進学は考えなかったのか？　望めば推薦があっただろう？」

基親は続けて聞いてきた。

「考えなかったわけじゃないですけど、とにかくまず一人立ちしたかったんで、就職を決めました。大学の四年間、伯父さんたちと顔をつきあわせるのは嫌だったし、俺があそこに残ることで、姉ちゃんが伯父さんたちに気を遣わなきゃなんないのも嫌だったんで」

「……土屋との結婚を推し進めたのも分家だっただろう？」

その言葉に彗の胸に苦いものがよぎる。

土屋は先に伯父夫妻を懐柔し、朋美を説得させたのだ。

「伯父さんたちが、土屋さんが女に暴力振るうようなやつだって知ってて、金のために嫁がせたんだとしたら、それは……」

結婚の支度金を土屋は準備してくれた。

その半分が伯父夫妻の懐《ふところ》に入ったのを彗も知っている。

朋美はこれまで世話になったんだし、そもそも自分のお金じゃないから、と気にしていないようだったが、当時の彗には朋美が売買されたようで嫌だった。

だがそこまで話すべきかどうか言葉に詰まった彗に、

「今さら言っても、仕方のないことだな。……ただ、それを踏まえて今後の最善を目指す必要があるから、聞いておきたかっただけだ」

基親はそう言うと、

「何か面白い話はないか？」

いつものように雑に振ってきた。

「いや、俺、ネタに事欠かない面白人生を送って来たわけじゃないんですよね」

彗はそう返して、何がいいかなと脳内で思い出ページを捲《めく》る。その途中でふっと思い出したことがあった。

「そういえば、若旦那様、ここに来たのは十二歳の時だっておっしゃってましたよね」

「ああ、そうだ。その頃に伯父が亡くなって、俺は違うところで育ったんだが跡取りとしてここにな」

「若旦那様のお父さんって、次男だったんですよね？　普通、そういう場合って次男のお父さんが後継ぎになることが多いと思うんですけど……、もしかして、お父さんももう？」

もし、基親の父親も亡くなっているのなら、そうなるのも分かる。しかし、

「いや、まだピンピンしている」

返ってきたのは意外な答えだった。

「……御存命なのに、若旦那様を跡取りに？」

「そうだ。俺の父親は放蕩《ほうとう》息子でな。端的に言えばクズだな」

基親は明るく笑って身も蓋もないことを言い放つ。

「クズって……」

「息子の俺が保証するが、顔がいいだけのすがすがしいまでのクズだぞ」

「嫌な保証ですね」

「何しろ、働いているところを見たことがないからな。顔がいいから無駄にモテたらしくてな。俺の母親は銀座でトップ争いをするホステスだったが、五年で離婚した。その後も父親と暮らしたが、まあ、女に事欠く人じゃなかった。小学生の時は毎年運動会に来る『母親』役の女が違うっていう伝説を作り上げてくれて、俺はある意味有名人だったな」

淡々と語られるハードな過去に、彗は半笑いになる。

「俺よりよっぽど濃いエピソード持ってるじゃないですか」

「いや、濃いのは俺の父親で、俺じゃないだろう？　まあ、そんな父親だから、伯父が亡くなった時に、おばあさまが『あいつだけは絶対ダメだ』と猛反対して、父親も『くそめんどくせえ』と拒否した。それで、まだ矯正が利きそうな年齢の俺に白羽の矢が立ったというか、人身御供《ひとみごくう》に差し出されたわけだ」

なかなかのパワーワードが入り混じる説明だが、基親は一切気にした様子がなく、相変わらず摑みどころがない感じだ。

「えーっと、それで、お父さんは？」

「思い出したように連絡があるから、去年の夏はまだ生きていたのは確認できている。相変わらず各地を転々としてるんだろうが……まあ、うまくやってるんだろう」

「俺が言うのもあれですけど、なかなかの家庭環境ですね」

「おかしな人だったが、生活に困るようなことはなかったからな。ここに引き取られてからはまっとうな生活だ」

「それから、ずっとここですか？」

「高校を卒業するまではな。大学は東京だったから、一人暮らしをしていたが卒業して戻って来てからはずっとこちらだな。ある意味箱入りだ」

そう言う基親に、

「……とりあえず、若旦那様がイケメンなのは、両親の遺伝子の恩恵だということだけは理解できた気がします」

『顔がいいだけのすがすがしいまでのクズ』な父親と、銀座でトップ争いをしたホステスが母親となれば、基親の容姿が際立っているのも納得がいく。

「若旦那様、モテるでしょう？」

彗が問うと、基親は微妙な顔をした。

「人気があった、とは思うが……モテるというのとは、また別な気がする」

「そんな高度な違いは、残念ながら俺には理解不能なんですけど」

その言葉に基親は少し考えるような間をおくと、

「『加納本家の跡取り』の俺に、興味を持って近づいてくる者は多かった。その中には女性もいて、それで気が合いそうな相手とはつきあったが……長続きはしなかったな」

そう説明する。

「大学時代も、同じ感じですか？『加納の跡取り』って立場目当ての人ばっかり？」

「いや、さすがにそこまで加納の名前は轟《とどろ》いてはいなかったから影響はなかったと思うが……誰とつきあっても、長続きはしなかったな。長くて半年、短ければ二カ月程度か……」

「別れてもすぐに次の相手ができるんでしょう？」

「まあ、そうだな」

「そういう状態を『モテる』って言うんですよ」

彗が言うと、基親は少し驚いたような顔をした。

「ああ、そうなのか。ではあの状態が『モテ期』か」

今さら気付いたかのように言う基親に、彗は、

――このモテ怪獣が……。

胸の内で毒づく。

その彗に、今度は基親が振ってきた。

「彗は、モテたのか？」

「若旦那様の無自覚モテエピソードの後に話すの、つらいんですけど」

彗は苦笑いして言ってから、続けた。

「モテたわけじゃないですけど、つきあった子がいないわけじゃないですよ。でも、高校を卒業してからは、向こうは進学、俺は就職で道が分かれたから、このまま自然消滅だろうなって思ってたら実際そうなったっていうか」

「そうなのか」

「でも、まあ修学旅行カップルのわりには長続きしたなっていうのが本音ですね」

「修学旅行カップル？」

聞き慣れない言葉だったのか、基親が聞き返してきた。

「修学旅行って、自由行動の時間があるじゃないですか。その自由行動の時間をカップルで過ごすっていうのがステイタスってとこがあって、にわかカップルが増えるんです。俺と彼女も互いにそれを自覚してつきあい始めたし。うちの高校の修学旅行は二年の秋に行くんですけど、そこから卒業までだから……同時期成立のカップルの中じゃ長続きした方なんです」

彗が説明すると、基親はどこか納得したように頷いた。

「割と打算的につきあい始めたりもするものなんだな」

「まあ、イベントを最大限楽しみたいって欲と、『ちょっといいな』って思ってた相手だったんで……」

とはいえ、つきあっていて楽しい相手だったが、恋人というよりは、メチャクチャ仲のいい友達という感じで、だからこそにわかカップルでも長続きしたんだろうと思う。

「つきあったのは、それが最後か？」

基親が聞いてきたので、彗は頭を横に振った。

「いえ、就職した年の夏からつきあい始めた子もいますけど……俺が仕事メインになっちゃってたのと、むこうは密に連絡を取り合いたいってタイプの子だったんで、徐々にフェードアウトしちゃって……一年もたなかったかなぁ…」

別れ話が出たわけではないが、徐々に連絡が減って、アプリから彼女が消えて終了確認、といった感じだった。

当然の流れだったし、大して何も思わなかった辺り、自分の薄情さというか、そんなに好きでもなかったんだなと認識して、最低だなと自嘲《じちょう》したのを覚えている。

だが、基親は何か琴線に触れたのか、少し考えるような顔をして、

「いろいろとうまくいかないものだな」

と呟く。その呟きに、

「若い頃ってそんなもんだと思いますけど……、若旦那様みたいに、若いイケメンの金持ちって言うモテ要素が詰まってるのにうまくいかないっていうのは、問題だと思います」

彗が返すと、基親は首を傾げた。

「そうか？」

「無自覚なのがさらにヤバい……。若旦那様の理想がクソ高いか、長続きしそうにない子をつい選んじゃってるか、その辺りを考えて次はつきあってみてください。あと、過去の交際相手を思い出して統計出してみるとか。統計出すのに充分な数のサンプルはあるでしょ？」

笑って言う彗に、基親は苦笑しつつ頷いた。

「統計サンプル、か。面白いことを言う」

「充分な数ってところをあっさりスルーするあたり、地味に腹が立つんですけど」

即座に返す彗に、基親は声を出して笑い、その後はまたどうでもいい話をしながら二人は酒を飲んだ。

5

何事もないまま週が明けたが、彗《すい》は水曜に有給休暇を取った。

いわゆる「働き方改革」の波は彗の会社にも押し寄せていて、月に一度は有給休暇を取らねばならない規則になったのだ。

朝、雅裕《まさひろ》を保育園に送りだした後、彗は動線を考えて家具の配置を少し変えたりして過ごした。

そして昼近い時刻になった時、基親《もとちか》が訪ねて来た。

「そろそろ昼食の時間だが、一緒にどうだ？」

「あ、わざわざ誘いに来てくれたんですか？　ありがとうございます」

断る理由もないというか、いつも時間が合う時は一緒に食べているので、連れだってダイニングに向かう。

昼食はパスタだったが、スープとサラダつきの、お店で出てくるようなセットメニューだった。

屋敷で暮らすようになって、食生活が豊かになり、彗はいずれ屋敷を出てからの生活に不安を覚えるほどだ。

なにしろ、会社の昼食も弁当を持たせてくれる。社員食堂もあって、以前は利用していたのだが、基親から昼食も準備するという約束だからと言われ、シェフにも「残り物を詰めるだけだから」と言われて甘えているのだが、彗が想像する残り物クオリティではなかった。

「ああ……、今日もおいしくて幸せすぎる……」

クリームパスタだったが、口の中に広がる生クリームとチーズの絶妙なバランスに、思わず声が漏れた。

「それはよかった。……彗と雅裕が来てくれてから、シェフも作る張り合いが出たと随分喜んでいるからな」

基親が微笑《ほほえ》みながら言う。

彗もだが、雅裕にも食事の後には、ちゃんとシェフにごちそうさまを言うようにと伝えてある。

その時に、感想も伝えるというか、普通に「あれがおいしかった」というようなことを言うだけなのだが、それを喜んでくれている様子だ。

特に雅裕は子供な分、表現もストレートで、気に入ったものは「もっとたべたい」とおねだりまでしているらしい。

初めてそれを知った時には慌てたが、シェフは嬉《うれ》しげに笑っていた。

「こっちの方が喜ぶことばっかりなのに」

彗がそう言うと、基親は、

「もうひとつ、彗を喜ばせられることがあるぞ」

そう切り出した。

「なんですか？」

「今日、病院から面会に必要なＩＤカードが届いた」

「本当ですか？」

「ああ。もちろん事前に申請をしておかなければならないし、未就学児童の面会は一律で禁止になっているから、雅裕を連れていくこともできないが……」

基親の言葉に彗は頷《うなず》いた。それはもとの病院でもそうだったし、仮に面会が許可されても、意識不明の状態が続いている朋美《ともみ》の姿を見せることは躊躇《ためら》われただろう。

「まーくんには面会のことは伏せて……俺だけ、行こうと思います。申請って、病院に電話すればいいんですか？」

「ああ。いつなら行ける？」

「可能なら、この土曜にでも行きたいです」

もう少し早く面会ができることが分かっていれば有休を使えたが、あいにく今日、休んでしまっているので、一番早く行けるのは土曜だ。

「分かった。土曜の午後で申請を出しておこう。屋敷の車を使うといい。新田《にった》さんにも話をしておく」

新田というのは、分家にも来ていた運転手だ。今は雅裕の保育園の送迎をしてくれている。

「大丈夫です、電車で行きます」

「ここから駅まで出るだけでも距離がある。遠慮はしなくていい」

基親が言うのに、

「何から何まで、すみません」

彗は謝った。

「なぜ謝る。彗が謝らなければならないことなど、何もないだろう？」

「いろいろ、してもらいすぎだから、申し訳なくて」

その言葉に基親は首を傾《かし》げた。

「申し訳なく思うことなど何もない。むしろ、彗が何も言わないから不安になるくらいだ。本当に足りていないものや困っていることはないのか？」

基親は折りに触れて聞いてくれるが、生活に必要な「衣食住」の「食と住」を整えてもらって、自分で準備しなくてはならないのは「衣」だけの状態だ。

「ありがとうございます、大丈夫です」

彗が答えると、

「彗は欲がないな」

そう言って笑う。

「欲がないわけじゃないですよ。人並みに欲はあります」

「どんな欲だ？」

基親は意外そうな顔をして聞き返してきた。

「たとえば、雨の日の通勤ってスクーターだとちょっと厳しい時もあるから、中古の軽自動車が欲しいなと思うこともありますし、あとはゆっくり旅行に行きたいなとか……細かいのもあげればきりがないです」

彗が思いついたものを言うと、

「確かに雨の日はスクーターだと危ないな。言ってくれればすぐに準備できるのに、気づかなくて悪かった」

基親はすぐにでも手配を整えそうな様子で言って、それに彗は慌てる。

「若旦那《わかだんな》様にやってもらおうと思って言ったわけじゃないです！」

その言葉に基親は心底不思議そうな顔をした。

「俺の叶《かな》えたいものだから、自分の力で叶えたいんです。なんていうか、やったぞー！　みたいな達成感的なもの込みでの叶った時の嬉しさっていうか、そういうのが欲しいんです」

彗が返すと、

「そういうものか？」

と言いつつも基親は半分くらいは納得したような顔をした。だが、

「改めて聞くが、俺にして欲しいことや、欲しいものはないのか？」

そう聞いてきて、

「ないです」

当然のように彗は即答する。

それに基親は腕組みをして、

「やはりおまえは欲がない」

わざと難しい顔をして言ってくるので、彗は笑った。

◆◇◆

朋美の面会申請が通り、彗の気持ちは幾分か楽になった。

面会できるようになったというだけで、病状が好転したとも聞かないので、何も変わらないのだが、それでもいくらか進歩だ。

——姉ちゃんの意識が戻ったら、土屋《つちや》さんとのことも進展するのかな……。

朋美が立てていた代理人が話を進めている、とは聞いたが、詳しいことは基親も分からないらしい。もっとも、彗に伝えないようにしているだけかもしれないが、とにかく代理人は信頼できる相手だから心配しなくていいとだけ言われた。

だからといって心配じゃないわけがない。

——できることがないって、ホントにつらい……。

「柳田《やなぎだ》さん、資材管理部から、昨日入った資材の確認お願いしますって連絡きてます」

翌日の午後、昼食を終えて部署に戻ってきた彗は他の社員からそう言われた。

「分かりました、行ってきます」

すぐに納入伝票を持って資材倉庫に向かう。

そして、納入資材を確認している時にそれは起きた。

角材や鉄パイプが立てかけてある一角に、他部署の社員がフォークリフトで資材を取りに来ていたのだが、リフト操作を誤り、それらが雪崩《なだれ》を起こして倒れたのだ。

そこに運悪く彗が通りかかり、彗は雪崩を起こした資材の下敷きになってしまった。

幸いすぐに助け出され、病院に運ばれ検査を受けた結果、骨や内臓、頭には異常が見られなかった。

だが打撲が酷く、実際、病院に運ばれた時点で右肩が腫《は》れて上がらなくなっていたし、右足もちょうど腿《もも》の辺りを強く打っていて、引きずるところまではいかないが、階段などを上がるのはつらかった。

「とりあえず、異常がなくてよかった。肝が冷えたぞ……」

診察が終わり、処方された薬が出るのを待つ間、病院について来てくれた上司の沢井《さわい》がほっとした様子で呟《つぶや》いた。

「すみません、心配かけて」

「いや、おまえが謝ることじゃない。……あいつ、何度目だ。今回こそ監査を入れさせる」

フォークリフトの操作が荒いので以前から何度か注意を受けていた社員が起こした事故だったらしい。これまでは軽い物損程度だったので、所属部署がなあなあで済ませていたが、今回、人的被害が出たことで、さすがにそうはできないだろう。

「これまで庇《かば》ってきた上もろとも、降格人事案件にしてやる」

怒り心頭といった様子で沢井が呟いた時、

「彗！」

救急の出入り口のある廊下の方から名前を呼ぶ声が聞こえ、そっちに顔を向けると、そこには基親がいた。

「え、若旦那様……」

基親は足早に彗に近づくと、

「大丈夫か？　状態は？」

心配した顔で待ち合いのソファーに座す彗の前に膝をつき、様子を窺《うかが》ってくる。

「えっと、大丈夫っていうか……なんで？」

どうしてここに基親がいるのか、そのことが分からなかった。

「屋敷に連絡が来た。新田さんは雅裕を迎えに出ていたから、俺が」

「そうなんですね。すみません、お忙しいのに……」

彗がそう言った時、隣に座していた沢井が立ち上がった。

「柳田くんの部署の沢井と申します」

そう言って名刺を取り出し、基親へと差し出す。

基親も立ちあがり、名刺を受け取ると、

「あいにく、名刺を持ち合わせていませんが、加納《かのう》です」

そう名乗る。

「よく存じ上げています。このたびは管理が行きとどいておらず、柳田君に怪我《けが》を。申し訳ありません」

謝る沢井に、基親は頷くと、

「怪我の状態は？」

彗が言った『大丈夫』をどうやら信用していないらしく、沢井にも聞いた。

「検査の結果、脳波や骨、内臓に異常はないと。ただ、打撲が酷いので、とりあえず一週間の加療をという診断書が」

「そうですか。労災の書類を整えてもらえますか」

「もちろんです」

沢井はやや緊張した面持《おもも》ちになっていて、「加納本家の若様」というのは、やっぱりすごいんだな、などと彗は呑気《のんき》に思う。

そうこうするうちに処方された薬が出て、会社に置いてきた荷物は後で届けてくれると言うので、彗はその薬を持って基親と一緒に屋敷に戻ることになった。

屋敷に戻ると、すでに雅裕は帰ってきていた。

「すいちゃん、おけがしたの？」

玄関まで迎えに出た雅裕は、彗の歩き方がおかしいのにすぐに気付いて聞いてくる。

「うん、ちょっとだけ」

「たいへん！　いたいいいたい？」

「大丈夫だよ」

そうは言ったが、靴を脱いで玄関の上がり框《がまち》を上がるのさえつらい。

「彗、無理をするな」

基親はそう言うと、彗の体を支え、上がるのを手伝ってくれる。

「すみません、助かります」

支えられて上がり框を上がると、雅裕が彗の脱いだ靴を揃《そろ》えてくれる。

「まーくん、ありがとう」

礼を言うと、雅裕は嬉しそうに笑ってから、

「すいちゃん、いたいいいたいだから、おてつだい」

そう言う。

「雅裕は賢いな」

基親にも褒められて、照れたような顔をしてから、離れに向かう彗たちと一緒について来た。

離れにはすでに横になれるように布団が敷いてあった。

基親がそう指示を出したのだろう。

パジャマか何か楽な服に着替えた方がいいと言われて、そうしようと思ったのだが、痛めた右腕を上げ下げするのも一苦労で、結局基親に着替えを手伝ってもらうことになった。

「なんか、思った以上に不便かも……」

なんとか布団に腰を下ろしたが、それだっていちいち「いたたた」と声を出してしまう始末だ。

「利き腕だから余計につらいだろう。痛みが強いようなら痛み止めが出ていたから、飲んでおくか?」

「いえ、じっとしてれば大丈夫なので。いろいろありがとうございました」

迎えに来てくれたことも含めて礼を言うと、

「礼を言われるほどのことは何もしていない。足りないものや欲しいものは？　飲み物は持ってこさせるが……食べ物は何かいるか？」

心配して聞き返してきた。

「いえ、飲み物さえいただけたら。…あ、でもまーくんはおやつの時間だね。まーくん、食べておいで」

時計は三時前で、雅裕がおやつを食べる時刻に近かった。

だが雅裕は頭を横に振った。

「ぼくがいたいいたいのとき、ママ、そばにいてくれるから、ぼくもすいちゃんのそばにいる」

その優しさに彗の胸がつまりそうになる。

こんなに優しい子なのに、実の父親からは、少し体が弱いというだけで疎《うと》まれ、いらないとまで言われたのだ。

それを雅裕が耳にしていないように、と彗は願う。

「ありがとう。でも、俺、寝ちゃうと思うから……食べてきて」

痛みのせいか妙な疲れがあって彗がそう言うと、雅裕は困ったような顔をする。それを見て、

「では、彗が眠るまで側《そば》にいよう。彗が眠ったら、雅裕、俺と一緒におやつを食べに行くぞ」

基親がそんな折衷案を出してくる。それに彗が返事をするより早く、雅裕が、

「じゃあ、すいちゃんにえほんよむ！　もってくるね！」

すぐさま本棚から絵本を持ってきて、基親に渡した。

「『おおきなかぶ』か」

「すいちゃんが、すきなの。ぼくもすき！」

にこにこして、雅裕は伝える。

「では、読もう。さあ、彗は横になれ。雅裕はここに来るか？」

基親は胡坐《あぐら》をかいた足の上を雅裕に示す。雅裕はすぐさまそこに腰を落ち着けた。

「彗は目を閉じて。……では読むぞ。『むかしむかし、あるところに……』」

何度も雅裕に読み聞かせて、すでに文章も暗記している話だが、人に読んでもらうのは新鮮だった。

頭の中で絵本に描かれているキャラクターがいつも以上に動きまわる。その姿を追っているうちに、いろいろとあって疲れていたらしく、彗は眠ってしまった。

「……さんは、まだお休みですか？」

「ああ」

「お夕食の準備が整いましたが、どういたしましょう……」

誰かが話している声が聞こえて、彗はゆっくりと目を開けた。

最初に目に入ったのは、部屋の蛍光灯の灯《あか》りだ。それから、少し視線を移すと、母屋《おもや》への回廊と繋《つな》がるドアのところに須磨《すま》と基親がいた。

「……若旦那様…」

呼ぶと、基親と須磨が彗を見た。

「ああ、起きたか」

「うるさくしてしまいましたね」

二人が言うのに、彗は頭を横に振り、体を起こそうとしたが、うっかり右腕をついてしまい、顔をしかめた。

「イテ……っ」

「無理するな、横になっていろ」

基親が布団の側に来て、膝をつく。須磨はドアの所から、

「お夕食、いかがなさいますか？　お召し上がりになれます？」

そう聞いてきた。

「あー、そうですね、はい。ちょっとおなか空いてます」

彗が返すと、すぐに基親が言葉を添えた。

「俺の分と一緒にここに運んでもらえるか。母屋まで歩いていくのは、まだつらいだろう」

それに彗は少し慌てる。

「大丈夫です……多分」

「最初に無理をすると、治りが遅くなる」

「でも、若旦那様までここで食べなくても……」

「食事の介助が必要になるかもしれないし、一人で食べるのも味気ないからな」

基親が言うのに、須磨も、

「そうなさいませ。一人分をお運びするのも二人分をお運びするのも大差ございませんし」

そう言ってくれたので、甘えることにした。

「じゃあ、お願いします。…あの、まーくんは？」

姿が見えないのが気になって問うと、

「雅裕坊ちゃまは操《みさお》様とお夕食をお食べになった後、操様のお部屋に」

と、教えてくれたが、それに彗は少し驚いた。

平日、夕食を操と一緒に食べるのはいつものことだが、その後、操の部屋に行くことは珍しい。雅裕が大人《おとな》しめの子供とはいっても、一日中相手をするのは、高齢の操には体力的にきつい部分もある。

そのため操と夕食を食べた後、雅裕の相手は使用人の誰かか、仕事が終わっていれば基親がしてくれていた。

「操様、大丈夫なんですか?」

「ああ。一緒にテレビを見ているだろう。夕食の時に雅裕の様子がおかしいのに気付いて、理由を聞いたようだ。怪我をした彗をじっと見ているというのも、子供にはつらいだろうから気分転換に、とな」

基親に教えられて納得したが、

「操様にもご迷惑をかけちゃった……」

思わずため息が漏れた。

「気になさらなくて大丈夫ですよ。操様は雅裕坊ちゃまをとても可愛がっておいでですし、いつも楽しそうにしてらっしゃいます。それに以前より随分お元気になられましたから」

須磨はそう言うと「お夕食をお持ちしますね」と言って、一度下がった。

「彗はいろんなことを気にしすぎる。怪我をしている時くらいは、大きな顔で寝ていればいいんだぞ」

基親はそう言うが、とてもそんな気にはなれない。

「これ以上ないくらいよくしてもらってる居候《いそうろう》の立場で、今以上に大きな顔なんて、できませんよ」

「やぱりおまえは気にしすぎる」

そんな彗に基親は笑って返した。

◆◇◆

「他に欲しいものはないか？　持ってくるぞ」

離れにお茶を持ってやってきた基親はビーズクッションに体を預けている彗に笑顔で聞いた。

「大丈夫です、欲しいものは全部揃ってます」

彗の返事に、そうか、と答え、基親は、そのまま彗の向かいに腰を下ろす。

その基親に、

「お仕事、忙しいんでしょう？　俺は、もう一人で大丈夫ですから、お仕事に戻ってください」

彗はそう声をかける。それに基親はつまらなさそうな顔をして、

「彗はいつもそうやって、俺を追い出そうとするが、迷惑なのか？」

そんなことを言いだした。

「迷惑だなんて思ってません。ありがたいと思ってます」

怪我をしてから三日。

一昨日《おととい》と昨日の昼過ぎまではまだ右肩と右足がうまく上がらず、痛みも強かったが、それも少しずつ引いていき、今朝は多少痛むくらいにまで治まっていた。

その間は自分の世話も見られないので、当然雅裕の相手をしてやることもできず、基親が雅裕を風呂に入れてくれた。

何なら彗の入浴も手伝おうとしてくれて、それはさすがに辞退したものの、ちょくちょく離れにやってきては世話をやこうとしてくれていた。

「ありがたいと思っているなら、なぜ追い出そうとする？」

「若旦那様の仕事が、絶対にたまってるからです」

彗が即答すると、基親の目が少し泳いだ。

「そんなことはない」

「絶対にそんなことあります。木曜の午後に俺を迎えに来てくれてから、金曜も心配して俺についててくれて、土曜も夕方まで仕事にならなかったじゃないですか。二日以上仕事が滞ってるなら、たまってないはずがないです」

冷静に分析して返す。

基親が忙しいのは知っている。

若旦那などという立場は、きっと左うちわだと思っていたのだ。しかし、本家が賃貸業と投資が主な仕事だとは前に聞いたが、投資の中には事業投資もあり、一部は共同経営だったりするらしいのだ。

それらの管理は結構手間なようで、晩酌の時間でも連絡が入っていることがある。

「若旦那様が本気になれば簡単に取り戻せる遅れかもしれませんし、実際昨日までは俺も若旦那様の手を借りないとつらいこともあったんで、素直にありがたかったですけど、今日はもう大丈夫ですから……、仕事、してきてください。俺のせいで、若旦那様が後で忙しいって方が、精神的にキツいです」

彗の言葉に基親はため息をついた。

「そこまで言われるなら、仕方がない。仕事をしてくるか……」

渋々、といった様子で腰を上げたが、

「昼食と三時のお茶は一緒にとるだろう？」

そんなことを聞いてきた。

「はい、そうします」

彗が答えると、どこか満足そうな顔をする。

「では、それを励みに仕事を片付けてくる」

「頑張ってください」

彗はそう言って見送り、基親が部屋を出ると小さく息を吐いた。

――お手伝いを口実に宿題を放り出したい子供じゃん……。

基親は三十歳で、彗の八つ年上だ。

それなのに妙に子供っぽく思えるときがある。

――八つくらい上っていうと……岡本《おかもと》主査とか、名倉《なぐら》係長とかだよな……。

似た年齢の会社の上司の顔を思い浮かべるが、正直なところ「おじさんだなぁ」と思えるところがちらほらある。

だが、基親からはそういう感じがない。

初めて伯父《おじ》の家で会った時から、浮世離れ感が凄かった。

それは並外れたイケメンだからかと思っていたが、摑《つか》みどころのない性格からもかなり来ているんだろうな、と今では思う。

――でも、いい人なんだよなぁ……。

昨日まで、本当によくしてくれていた。

いや、いつもよくしてくれているのだ。

それは何の打算もない優しさで、だからこそ、雅裕も基親に懐いている。

その雅裕は、今日は操と出かけている。

予定は映画と買い物だが、操が疲れた時のために近い場所にホテルの部屋を取ってあり、操が途中でそこに行って休むことも可能なようにしてある。

その計画を聞いた時は、そこまでお金をかけて雅裕を遊びに連れて行ってもらわなくても、と思ったのだが、映画もホテルも株主優待券があるので、それを使うためらしい。

これまでは株主優待券が送られてきても、結局使わないままで終わったりすることが多かったらしいので、有効活用できると言ってくれた。

それに、操が外出しようという意欲を出したことが、何より嬉しい様子だ。

「ほんと……世話になりっぱなしだ」

雅裕のことも、朋美のことも、そしてこうして自分も。

——結局、姉ちゃんの面会に行けなかったな……。

予定では昨日、行くはずだったのだ。

だが、彗が思うように動けなかったので断念した。

幸いなのは朋美の病状は安定していて変わりがないという報告があったことだ。もちろん変わりがない、というのは、良い兆《きざ》しもないということかもしれないが、悪くなるよりははるかにいい。

——離婚は成立してないって言ってたから、入院費とかモロモロは土屋さんの負担になるんだろうけど……。

代理人と話し合いがされているのだろうと思うが、もし離婚が成立したら、雅裕は彗が育てていくことになるだろう。

——養育費的なものとか、姉ちゃんがずっと病院ってなった場合の費用とか、その辺りのことも合わせて協議してくれてるとは思うけど……。

土屋が全額を負担してくれるというような結果になればいいが、そうでなければ彗が負担していく金額もあるだろう。

——ずっとここに世話になるわけにはいかないだろうから……いろいろカタが付いて、ここに居させてもらえるマックスはまーくんが小学校に入るまでって考えて……。

その間にどれだけお金を貯められるだろうか、親代わりとして雅裕をちゃんと育てていけるかどうか、いろいろと不安は尽きない。

——けど、その時が来たらやるしかない。そのために今、ちゃんと考えて備えなきゃ……。

悩みも不安も、掘り起こし始めたらきりがないし、何が起こるかも分からない。

けれど最悪を想定して、そうならないように予防線を張ることはできる。

そこまで考えて、彗はふっと息を吐いた。

「体が痛いと、悪いことばっか考える……気分転換でもしよ」

仕事をしろと基親を追いだしておいて申し訳ない気もしたが、彗は携帯電話を手に取ると頭をからっぽにするためにゲームを始めたのだった。

週が明けると体の痛みは劇的に引いた。

大きな動きをすると痛みは出るが、日常動作には問題なかった。一週間休むように診断書は出ていて、会社からもそのように言われていたが、早めに戻れそうだなと彗は思っていた。

しかし、それを基親に伝えると当然のように反対された。

『診断書で休むように指示が下りている期間に出社して、その後で何かあれば会社として困ることになる。最初に言われた期間はきちんと休んでおけ』

と言われ、説明されればそれもそうかと思えた。大して体が痛くもないのに休むことには罪悪感を覚えたが、従うことにした。

もちろん、離れにこもっていたわけではなく、屋敷の仕事を手伝わせてもらった。

多少は体を動かさなくてはなまってしまうし、体の痛みがある時は仕方がないが、そうではないのに何もしないではいられない性分なのだ。

もちろん基親を手伝って、基親の部屋で資料の整理をしたりもしたが、何かと理由をつけてお茶を飲んだりおしゃべりをしようとしてきたりするので、基親の仕事効率を逆に下げている、と半日で辞退して、簡単な掃除やちょっとした家電製品の修理――工業高校時代に幾つか資格を取った――をして過ごした。

そして、久しぶりに基親の晩酌につきあうことになった。

怪我人だからと基親は一応、配慮してくれていたらしいが、昼間に動き回れるなら問題ないだろうと呼ばれたのだ。

とはいえ、彗はノンアルコールでのつきあいである。

「若旦那様、ちょっとピッチ速くないですか？」

今日の酒は、昼間に基親の友人から届いたウォッカだった。

それを適当な割り材で飲んでいる様子だが、いささかウォッカの割合が多い気がするし、飲む量も多い気がした。

「そうか？　するすると入るから、つい手が伸びる」

そう返してくる基親は対して普段と変わりなく酔っている、という感じもさほどなかった。

——アルコールに強いもんなぁ……。

一応、週に一度は休肝日を設定しているが、何曜日、とは決まっていない。その日の気分や翌日の予定で飲まない日を作っているようだ。

そう言うところが真面目《まじめ》なのか何なのか、やはりとらえどころのない人だな、とは思う。

「もう、本当に大丈夫なのか？」

不意に基親は聞いてきた。

「メチャクチャ重い荷物を持って振りまわすだとか、犯人を追う警察官並みの全力疾走とか、そういうことをしたら痛みはあると思いますけど、日常生活には支障ないです。まーくんを抱っこするのも平気ですし」

「雅裕の抱っこが回復基準だったか」

「それが、俺の今、一番の重労働なので」

彗が答えると基親は笑った。だがすぐに、少し真面目な顔をして言った。

「加納の次期当主という立場上、何でもかんでも頼られることが多くて、それは仕方のないことと割り切るとはいえ辟易《へきえき》していたが、おまえに頼られないというのはいささか傷ついているんだが」

「……はぁ…」

「気のない返事だな」

多少呆《あき》れたように基親は言ってくる。

「いえ、気がないというか……これまでにも何度か言ったと思いますけど、俺としてはもう充分世話になってるつもりなんです」

「充分世話をしているとは思えない。今回の怪我にしても、なぜ手助けを拒む」

「拒んでませんって。風呂の世話までしてもらったじゃないですか」

怪我をした初日は入浴を禁じられていたが、翌日からは長く浸からないのならいいと言われて入った。

とはいえ右腕がうまく上がらない状態では、衣服の着脱はもちろん、頭や体を洗うのも不自由だった。

それで、雅裕を入浴させた後、基親が続けて彗の入浴も手伝ってくれたのだ。

雅裕と一緒に入れば、というようなものだが、強く打った右腕と右腿はもちろん、他の場所にもあちこち青あざができていて、雅裕に見せるのがためらわれたので、雅裕の後で、ということになった。

「あれは、本当に『できないこと』だからだろう。それではなく『ちょっと手を借りれば楽なこと』を彗は頼んでこない」

「『手を借りれば楽だけど、自分でできること』だからですよ？」

無理なことは頼むがそうでないことはできるだけ自分で、というのが彗の性分なので、基親とはその辺りから違っているらしいが、それは仕方がない。

基親は少し考えるような顔をした後、

「彗には、頼られたい」

そんなことを言ってきた。

その言葉の真意が分からず、彗は困惑する。

困惑しながら思い当たったのは、

「そんなに俺は頼りなく見えますか？」

ということだった。

基親からすれば、八つも年下の男が甥《おい》っ子を抱えて右往左往しているというのは、助けなくてはならないと思う対象なのかもしれない。

そう思えば基親の言葉の意味もなんとなく納得できる気がしたのだが、

「そうではなく、頼ってほしいと思うだけだ」

と返してきた。そして、

「断られると、俺には彗を守る力がないと思われているように思うし、拒絶されているのかと思う時もある」

とまで言ってくる。

そこまで深刻に考えているとは思わなかった彗は冗談めかして、

「それ、普通は好きな女の子に言う言葉なんじゃないですか？」

と返してみた。

彗の予定では「何を馬鹿なことを」と返してくるか、もしくは「これが恋か？　ってなんでやねん」的なノリツッコミのどちらかの展開になるはずだった。

だが、基親は目からうろこが落ちたような顔をして、

「そうか、俺は彗が好きなのか」

などと聞いてきた。

その展開に、彗は戸惑うどころの騒ぎではなくなり、焦った。

「いやいやいやいやいや、それ、絶対違う。違います」

もしかしたら「引っかかったな、本気にするな」的展開になるかなと期待したのだが、基親は考え込むように腕を組んだ。

――やべぇ……これ、絶対酔ってる。

普通に見えるが、酔っているに違いない。

そして酔っている時に出す答えなんて、とんでもない斜め上なものになるに相場は決まっている。

なんとかしてお開きにしなくては、と彗は口実を見つけ出そうと視線を動かす。

すると割り材にしていた炭酸水が空になっていた。

「若旦那様、本当に今日はもう飲み過ぎてます。炭酸水もなくなったし、お開きにして寝た方がいいですよ」

「いや、新しい炭酸が……」

「ダメです。飲むならおひとりで。俺、部屋に戻りますね」

彗はそう言うと、基親の返事を待たず「じゃあ、おやすみなさい」と言って部屋を出てきた。

そして離れに戻り、眠っている雅裕の隣の布団に音を立てないようにしてもぐりこんだ彗だが、

――本気じゃないよな？　ウォッカのアルコール度数高いし、絶対酔ってたよな？

胸の内で呟き、自分の気持ちを落ち着かせるのに必死になった。

6

それから職場復帰するまで彗は晩酌につきあったが、基親の様子に特に変わったこともなく、その話題を出してくることもなかった。そのため、

――やっぱ、そうとう酔ってたんだな……。

というのが、彗の出した結論だった。

酒の上での話題は蒸し返さない、というのが、彗が社会人になって学んだことの一つでもあるため、彗も完全にスルーを決め込み、無事に出社の日を迎えた。

一週間ぶりの出社ともなると、彗の机の上には書類が結構な量、溜まっていた。彗は現場と事務所の両方に仕事を持っているのだが、今週いっぱいは現場を休んでいいと言われたので、まずは滞った事務処理を済ませてしまうことにした。

彗の復帰待ちで止まっていた案件もあったらしく、彗が出社したと聞いて、午後から気を使って止めてくれていた書類などもドンドコ回ってきて、

「復帰一日目にしてはハードすぎない？」

と、同僚に泣きついてみたりしたが、みんな笑顔で親指を立て、

「ガンバ！」

の一言でスルーしていった。

それは冷たいわけではなく、部署内でいつ頃から定着した初回泣きつきの通過儀礼のようなものだ。泣きつきから一時間ほど様子を見てから、手伝えそうなものを引き取ってくれる、というシステムである。

つまり泣きつくのは「手が空いたら手伝って」の合図であり、それを受けて手伝えそうな者は自分の仕事をやりくりして手を貸してくれるのである。

その際に手伝ってくれる人数の多さで、部署内の人気差も割と出るため、泣きつく際にはその後で密かにメンタルが傷つくことになるかもしれないのを覚悟をしたりもする。

幸い、彗には三人の同僚が手伝いに来てくれたおかげで、とりあえず昨日までに届いていた分の作業は八割がた解消することができた。

その残りと、今日回ってきた分は明日に持ち越しだが、明日も一日事務仕事をしていいというお達しが出ているので、恐らく全部済ませることができるだろう。

その見込みが立ったので、彗は残業をせずに帰宅した。

帰宅後は、すっかり元通りのペースですべてが進む。基親と一緒に夕食をとり、食休みを挟んで雅裕と入浴し——青あざの跡は完全には消えてはいないのだが、雅裕が見ても衝撃を受けるほどではなくなった——そして寝かしつけた後は、やはり基親の晩酌につきあうために部屋へ向かった。

今夜の基親の酒はウィスキーだった。彗はまだ明日、会社があるのでお茶だ。

今日の話題は、久しぶりに出社した感想からだった。とはいえ、書類が溜まっていてひたすらそれに取りかかっていたので、特に話も膨らまずに終わってしまう。

——なんか話題になりそうなことって、他にあったかな……。

彗がそう思いながらお茶を口にした時、

「ここ何日か、いろいろ考えたんだが」

不意に基親が口を開き、彗はお茶を含んだままで視線だけ基親へと向けた。

基親はいつもと同じ穏やかな顔で、

「俺は、彗のことが好きだと確信した」

とんでも発言をし、彗はお茶を飲み損ねて噎《む》せた。

「…っ…ふあ？　…っふ、ぇふっ、えふっ！」

「大丈夫か？」

基親はすぐにティッシュを箱ごと彗の方へと差し出してきて、彗は二、三枚引き抜くと吹き出しかけて濡《ぬ》れた手と口元を拭《ぬぐ》った。

「……ぃ…じょうぶ、です。ちょっとっていうか、だいぶ驚いて」

「ああ、驚かせたか」

「えっと、聞き間違いでなければ、今、好きとかおっしゃいました？」

「ああ」

あっさりと肯定されて、彗はその『好き』をどうとらえていいか分からなかった。

その彗の疑問が顔に出ていたのか、それとも、彗がそう思うだろうということは想定済みなのか、真面目な顔で基親は続けた。

「彗と接している時の自分の心の動きのようなものを、しばらく確かめていたんだが、彗の姿を見ると気分がよくなるし、一緒にいたいと思う。これまでつきあってきた相手とは全然違う気分で分からなかったが、多分、この感情が恋愛感情なんだろうと思う」

「……えーっと、うん?」

基親の言葉に彗は違和感を覚えた。

——つきあう相手って、恋人ってことだよな？　恋人に抱く気持ちって『恋愛感情』だろ？

それと違う気持ちを持ったというなら、それは『恋愛感情ではない』のではないだろうか？

「ちょっと、若旦那様の言葉の意味が分かんないです」

彗が言うと、基親は首を傾げた。

「どこがだ？」

「いや、全部ですけど？」

即座に彗は返し、さっき自分が感じたことを聞いてみた。

だが、それに対し基親は、

「今までつきあってきた相手は、みんな向こうから告白してきた。それでつきあうに至った形で、世間一般で『恋人同士』がするであろうことをトレースして、アニバーサリー的なことも行事として楽しんだんだが、相手の要望が分からなかったし、分かりたいとも思わなかった。して欲しいと望んできたことを、できる範囲で叶えてやるというような……」

そんなことを言ってきた。

「つまり、若旦那様のほうから会おうと誘ったりってことはなかったわけですか？」

「まあ、そうだな。向こうが会いたいと言ってきて、スケジュールが空いていれば会っていた感じだな」

「会いたい、と思ったりすることは？」

「次に会うまでの間隔が開いたとしても二日程だったからな。そんな短期間で会いたい気持ちが募るということもなかった。だが、彗に対しては、何かをしてやりたいと思うし、毎晩こうして話をする時間を心待ちにしている自分がいる」

その返事は、基親に対して迷惑をかけているのではないかと思っている彗にとっては嬉しいものだったが、

「それだけで、恋愛感情だって決めつけるのは乱暴なような気がするんですけど」

とりあえず、そう返してみた。

「そうか？」

「だって、何かしてあげたいっていうのは、仲のいい友達にだって思うことあるじゃないですか」

彗が言うと、基親は納得したように腕を組んだ。

「それもそうか」

「そうですよ」

軽く返し、彗は少しほっとしてお茶を手に取り、口をつけた。そのタイミングを見計らったかのように、

「だが、セックスをしたいと思うレベルになるとそれは恋愛だろう」

さっき以上の爆弾発言をしてきて、彗は再び茶を吹き出した。

「……っは？　ふ…っげふっ、げふ……っ！」

彗は涙目になりながら、さっき渡された箱ティッシュから数枚引き抜き、手と口を拭う。

「彗はよく噎せるな」

不思議そうに聞く基親に、

「お茶を飲んでる時にとんでもないことを言うからです……。ヤバい、鼻に入っちゃった、痛い……」

彗は顔をしかめながら、新しいティッシュを引き抜いて鼻を押さえた。その彗に、

「とんでもないというが、真面目に考えた結果だぞ。俺なりにいろいろ考えた中で、セック

スができるかどうかが線引きとして分かりやすいだろうと思って、これまでにつきあいのあった友人をあてはめて考えてみた。だが、男でそのラインを越えたのは、彗だけだ」

基親は平然とした様子で言ってくる。

――もはや、とらえどころがないってレベルじゃないんだけど……。

浮世離れというよりも人間離れといった方がいいかもしれないと思う程度に、彗は基親についていけなかった。

だがついていけない彗に、基親は、

「おまえはどう思う？」

などと雑に振ってきた。

「どうって……そう言われても…」

正直、困惑しかないというか、本当についていけず黙っていると、

「俺にこういうことを言われて、気持ちが悪いか？」

基親が聞いてきた。

「いえ、それはないです」

彗は即答したが、気持ち悪くないからといって、ＯＫではないので、

「えーっと、いろいろ想定してなかったことばっかなんで、どう考えていいか分からなくて困ってるっていうのが本当のところです。けど、気持ち悪いとは、思ってません」

できるだけ今の気持ちを正しく伝えてみた。

それを聞いて基親は少し考えたような顔をすると、

「グレーゾーンということか？」

問い返してくる。

だが、グレーというわけでもないというか、なんとも言いきれない感じでやはり困っていると、基親は笑って、

「とりあえず、俺は彗のことを恋愛感情という意味で好きだと思っている」

改めて言ってきた。それに彗は、

「この場合、どう答えるのが正解か、まったく分からないんですけど、気持ち悪いとは思ってません」

基親と同じように改めて返す。

その返事に基親はくすくすと笑いだし、

「まあいい、続きを飲もう」

少し氷の解けたグラスにウィスキーを注ぐ。

彗は、急須に残ったお茶を湯呑《ゆのみ》に入れて、

「……今度は飲む時、黙っててくださいね」

二度も噎せさせられたので、一応、釘《くぎ》を刺し、お茶を口に運んだ。

その後は、何事もなく話題は今日の雅裕の様子に移り、いつも通りのなんということのない晩酌の時間に戻った。

◆◇◆

――俺は彗のことを恋愛感情という意味で好きだと思っている――

衝撃的な基親の告白は、彗を悩ませた。

悩むといっても、告白そのものもそうだが、あの告白を嫌だと思っていないことも、悩みの一つなのだ。

――若旦那様がよくしてくれてて、いい人だからか？　それにイケメンだし？

嫌だと思えない理由を考え、他の身近な人物から「優しく接してくれるイケメン」を数人ピックアップして、もし彼らに「好きだ」と言われたら、と考えてみた。だが、即座に出てきたのは、

――ないわー……、うん、絶対ない。

という答えだ。

そのくらい、分かりやすく解答が出る話なのに、では基親は？　と思うと分からなくなる。

そんな悩ましいまま、土曜になった。

午前中、離れの掃除を終わらせた彗は、午後から屋敷の手伝いをしていた。

今は母屋の玄関で点灯時にちらつき始めた電灯の交換だ。

踏み台に上って交換作業をする彗を、雅裕が下から心配そうに見上げる。

「すいちゃん、だいじょうぶ？」

「うん、大丈夫。これをくるっと回して……よし、入った。後はカバーをつけなおして……、はい、完了」

カバーまでつけなおし、彗は踏み台を下りる。そして雅裕が持ってくれていた古い電灯を受け取る。

「お手伝いありがとう」

礼を言うと、雅裕はにこりと笑う。

「すいちゃん、つぎはなんのおてつだいするの？」

「次は、お庭の掃除か、廊下の拭き掃除か……」

彗が雅裕に手伝い候補を上げていると、

「二人ともここにいたのか」

基親がやってきた。

正直、基親と顔を合わせるのは、落ち着かない。

昨夜も晩酌に呼ばれたのだが、休み前で酒を飲んでもいいと自分に許可を出している日だったが、酔うと不用意に余計なことを言いそうな気もして、ちょっと体調が悪いなどと言ってお茶を飲んでいた。

「うん！　もとくん、どうしたの？」

雅裕がいつものように基親と話し始める。

それにほっとして、彗が電灯交換で出たごみをまとめていると車寄せにタクシーが入って来て止まった。

――あれ、お客様……？

そんな話は聞いていなかったなと思っていると、後部座席のドアが開いて美人としか言いようのない女性が降りて来た。

年の頃は三十そこそこといったところだろうか。

ゆったりとしたワンピースを着ているが、それでも腹部が膨らんでいるのが見え、妊婦だということが分かった。

――誰だろ？

そんな風に思っていると、基親は玄関土間に下りてきて、笑顔で彼女に歩み寄った。

「紘佳《ひろか》、呼んでくれれば迎えに行ったのに」

親しげに声を掛け、それから、そっと彼女の腹部に手をやった。

「随分と大きくなったな」

「六カ月を越えたら急に大きくなるとは聞いてたけど、本当にそうだったわ」

彼女も笑いながら返している。

その二人の親しさは特別なものにしか見えなくて、彗は目の前がクラクラしそうになった。

――彼女っていうか、もしかして奥さんって可能性もあるよな？

そんな相手までいるのに、自分に好きだとかなんとか言ってきたのかと思うと、いくら浮世離れしている基親といえど、信じられなかった。

二人の様子を思わず凝視していると、その視線に気づいたのか、女性がふっと彗へと視線を向けた。そして何か言おうとした時、

「彗さーん、ちょっと配線、見てもらえますかー？」

屋敷の奥から水江《みずえ》が彗を呼ぶ声が聞こえた。

「はい、今、行きます！」

彗はすぐに返事をして、呼ばれた方へと逃げるようにして向かう。

その後は、屋敷が広いのをいいことに、一日中基親と会わないように避けて過ごした。

顔を合わせて余計な言い訳を聞くことになるのも嫌だし、相手の女性と一緒のところを見るのも面白くないからだ。

夕食も会社の同僚から電話がかかってきたのを、さも仕事で大事な用件があるように装って、夕食に誘いに来た基親に、ゼスチャーで今は無理、と伝えて雅裕だけ一緒に食べさせてもらって、彗は時間をずらすという姑息《こそく》な真似《まね》に出た。

だがそうまでして避けたところで、ずっと避けられるわけではない。

——まーくんの寝かしつけをしてて、寝落ち、を狙おう……。

一晩寝れば、いろいろ気持ちの整理もつく…かもしれない。

そう思っていたのだが、雅裕が寝かしつけの絵本を選んでいる時に、その声に雅裕は絵本を選ぶのを中断して、ドアに向かって走り寄っていく。

回廊に出るドアをノックする音と共に基親の声が聞こえてきた。

「彗、入るぞ」

「もとくん！」

そう言って、ドアを開けて基親を招き入れてしまう。

「雅裕はまだ起きていたか」

「これから、すいちゃんにえほんよんでもらうの」

無邪気に雅裕が答えると、

「そうか。では、俺も一緒に読んでもらおう」

今の彗にとっては、地獄の始まりのような言葉を基親は言った。

しかし、雅裕は大好きな基親も一緒なので大喜びで、

「もとくん、いっしょにえほんえらんで」

基親の手を引っ張って、絵本が並んでいるカラーボックスへと連れていく。

彗はため息が出そうになるのを堪《こら》えるので精一杯だった。

雅裕は基親と一緒に絵本を選び、それを彗に渡してくる。

彗は雅裕に添い寝をするようにして絵本を読み、基親は雅裕を挟んで川の字になるように同じく雅裕の隣に寝転んだ。

いつもと違う様子に興奮した雅裕は、選んできた絵本一冊では眠らなかったが。彗が暗記している「さるかに合戦」を話しているうちに眠ってしまった。

「……寝たようだな」

起こさないように彗が最後まで話し終えるのを待って、基親が囁《ささや》いた。

「そうですね」

できれば永遠に寝て欲しくなかったのだが、仕方がない。

「話があるから、来てもらえるか」

嫌です、と答えられるような度胸があれば、半日こそこそと逃げ回ったりはしない。

それゆえ、彗の返事は、

「分かりました」

だ。

市場に連れていかれる子牛の気分で、彗は基親について母屋に向かった。

だが、基親が向かったのは二階の私室ではなく、一階にある、初日に彗たちが世話になったのとはまた違う客間だった。

「入るぞ」

基親はそう声をかけると中からの返事も待たずに襖戸《ふすま》を開けて中に入る。

彗は一応、失礼します、と声をかけてから部屋の中に入ったが、そこにいたのは昼間の女性だった。

どうしてわざわざ彼女の許《もと》に連れてこられたのか分からずにいると、女性は彗を見てにこりと微笑んだ。

「彗くんね？」

確認するように名前を呼んだ。なぜ彼女が自分の名前を知っているのかと思ったが、基親から聞いたのかなと推測しつつ、ただ頷く。すると、

「加納紘佳です」

彼女はそう名乗った。

——加納ってことは…奥さん？

そう思った瞬間、

「俺の姉だ」

間髪いれずに基親が言った。

「……え?」

予想外の言葉に彗の理解が遅れる。

「えーっと、姉……ああ、はい、お姉さん…、お姉さん…」

馬鹿みたいに繰り返してるなと思ったが、それでも「お姉さんってなんだっけ?」とまで思う始末だ。

「驚かせてごめんなさい。ああ、座って。ちょっと長くなるから。基親、お茶を淹《い》れてちょうだい」

紘佳は彗に座るように言い、基親にはお茶を淹れるように命じる。

それに彗は慌てた。

「あ、俺が淹れます」

基親にお茶を淹れさせるなんて、とそう思ったのだが、

「大丈夫よ。いくら何もできない子だっていっても、お茶くらいは淹れられるから安心して」

紘佳はそう言って、基親がお茶を淹れるのを待たずに言葉を続けた。

「私、明豊《めいほう》高校の卒業生なの」

「明豊…。俺の姉も、通ってました」

彗の言葉に紘佳は頷く。

「ええ、知ってるわ。朋美ちゃんの部活のOGでもあるの。OGとして夏休みに後輩の指導をしに行った時に知り合って、それから何かと親しくしてたの」

朋美は、高校時代、英語研究部となぎなた部に入っていた。だが、英語研究部は部活動というよりは自主学習的な活動で、入部していれば英検を受ける際の検定料を学校が半分負担してくれるから、という理由だった。

恐らく紘佳のいう部活はなぎなた部の方だろう。

「朋美ちゃんが結婚してからも、こっちに来る度に会ってたんだけど、もしかしたらDVを受けてるんじゃないかって思ってたの。疑いが確信になってから、雅裕くんのためにも離婚を考えた方がいいって伝えて、うまく離婚ができるように進めてたんだけど……こんな状況になって…、ごめんなさい」

紘佳はそう言って、彗に頭を下げた。

「いえ、紘佳さんのせいじゃないです……」

「ううん、私のせいでもあるの。離婚を有利に進めるために、詳しくは言えないけど朋美ちゃんは証拠探しをしてたの。その最中に……。朋美ちゃんが病院に運ばれたって聞いて、すぐに駆けつけたかったんだけど、私自身、つわりやなんかが酷くて入院してて身動きが取れなくて、運悪くこの子も海外にいたから、いろいろ対応が遅れて、彗くんには分家で嫌な思いをさせたわ」

紘佳はそう言ってから、少し間をおいて、

「土屋をこのままにしておくつもりはないの。身ぐるみ剝《は》ぐ勢いで取りに行くつもりだから、いろいろ安心して」

そう言った。

それはつまり、離婚の話を進めるにあたって、朋美の治療費や慰謝料、雅裕の養育費などという意味だろう。

それは心強い言葉だったが、手放しで喜ぶ気にはなれなかった。

朋美の意識は未《いま》だ戻らないままで、明日、やっと見舞いに行けることになっているが、ただ顔を見るだけになるだろう。

――動けなくてもいいから、まーくんのために、意識だけでも戻ってくれたら……。

今のままでは、雅裕が可哀想で仕方がない。

できるだけ時間を割いて雅裕の側にいるつもりだが、それでも彗が雅裕に与えられるのはあくまでも「叔父《おじ》として」の愛情だけなのだ。

母親の代わりには、到底なれない。

「それから、朋美ちゃんのことだけど、安心して」

表情の暗い彗を気遣ったのか、紘佳が言った。

だが、何を安心しろというのだろうかと思った時、彼女は意外な言葉を口にした。

「事情があって、黙ってたんだけど、朋美ちゃんの意識は戻ってるわ」

「え……？」

思いがけない言葉に彗は目を見開いた。

「姉ちゃんの意識が……？　いつですか？」

「転院する前よ。でも、それを知られると、土屋が何をするか分からないから……。だから面会の条件を厳しくして、病室に入るスタッフも厳選して厳重に警戒したの。前いた病院は加納の息もかかってるけど、職員の中には土屋と懇意にしてる者もいるから……。だから、もともと転院は予定していたんだけれど、そのためにはまず彗くんと雅裕くん二人を保護するのが先決だったの」

「だから、俺たちをここに……」

基親からも説明されていたが、どこかぼやけた印象の説明だった。恐らく話せないことがあったのでそういう説明しかできなかったのだろうと思うが、彗は彗で、深く考えるのはあの頃はできなくて、もうそれならそれでいいや、と追求もしなかったのだ。

しかし紘佳の説明で、すんなりと腑《ふ》に落ちた。

「朋美ちゃんの意識が戻ったのは、その少し前ね。だからタイミングとしてはばっちりだったわ」

「姉ちゃん、元気に、してるんですか……」

「元気とは言えないわね。骨折してるって説明は受けたと思うけど……」

紘佳の言葉に彗は頷いた。

「姉ちゃんの回復を待って、あと二回、手術があるって……」

「ええ。二回のうち、一回がこの前終わったところよ。経過は順調で、食事もちゃんととってるし、次の手術さえ無事に終われば、リハビリを受けて、そのあとは日常生活に戻れるわ」

紘佳の言葉に、彗は心の底から安堵《あんど》して、息を吐いた。

それと同時に、気が緩んで、急に涙が込み上げてきた。

「……あり、がとう……ござ…っ……」

ちゃんと礼を言いたいのに、こみ上げる嗚咽《おえつ》で言葉がうまく紡《つむ》げなかった。

その彗に、基親がそっとティッシュを箱ごと差し出してくる。彗はティッシュを抜きとって、目と鼻を押さえた。

「俺…もし、姉ちゃんに、もしものことがあったり、このまんまだったりしたら……俺一人でちゃんと、まーくん育てていけるかなとか……考えたら、自信なくて…」

「黙ってたせいで思い詰めさせたわね。本当にごめんなさい。……詳しいことは、教えられないんだけど、今後のことはちゃんと考えてあるから、安心して任せて」

紘佳の言葉に、彗は目と鼻をティッシュで押さえたまま、頷くしかなかった。

そして、彗が落ち着くのを待ってから、

「明日、朋美ちゃんのお見舞いに行くんでしょう?」

紘佳が聞いた。

「はい。……その予定をしています」

「うちの車を使ってね。新田にもそう伝えてあるし、道中、何かあると困るから」

詳しいことは聞かなかったが、土屋絡《がら》みで何かが起きることを危惧《きぐ》しているのだろう。

「分かりました」

彗がそう返すと、紘佳は頷いた。

「とりあえず、今、話せるのはここまでなの。わざわざ来てもらったのに、あまり話せなくてごめんなさい」

「では、彗、戻るか」

基親の言葉に、彗は基親が淹れてくれたのに口をつけないままになっていたお茶に気づいて、慌てて飲み干す。

「あら、律儀《りちぎ》。そういうところ、好きだわ」

紘佳は笑って言ってから、おやすみなさい、と部屋を出るきっかけを与えてくれる。それにおやすみなさいと返して、基親と一緒に客間を出た。

そのまま離れに戻ろうとしたのだが、

「少し話がある。来てくれ」

基親に言われ、そのまま二階の基親の部屋に連れていかれた。

——まさか今から晩酌の相手、とか？

さすがにそれはないだろうが、基親なので、そういう展開もあり得るかもしれないと思いつつ基親の部屋に入ると、特に晩酌の準備はなかった。

となると、どうやら本当に「話」があるらしい。

そして、その「話」の内容に、彗は多少、心当たりがあった。

——絶対、今日避けてたこととか聞かれるよな……。

どう考えても自分の態度は不自然だったし、基親がおかしく思わないはずがない。

彗のその予想ははずれていなかった。

「紘佳のことだが、彗は、紘佳が俺の恋人だとでも思っていたか？」

「……まあ、そうです。お姉さんがいるなんて知らなかったし、よっぽど親しい間柄じゃなきゃ、妊婦さんのおなかとか触らないし、触らせないでしょうし……」

理由とあわせて伝えて、認める。そんな彗に、

「そう思った時、嫌な気持ちになっただろう？　そういう顔をしていた」

基親はその時の彗の気持ちを言い当ててきたが、彗は答えられなかった。

答えたら、開けてはいけないパンドラの箱がパンパカ開きそうな気がしたからだ。

とはいえ、違うなんて、あからさまに嘘すぎて言えない。

——あー、やべぇ。なんとかして言い逃れられないかな……。

彗は頭を必死に回転させて策を練ろうとするが、

「答えられなくても、顔に書いてあるぞ」

基親は笑って彗の頬を両手で挟んで捕らえた。

そしてそのまま、基親の綺麗な顔が近づいてくる。

——え、これ、キスされるパターン……。

そう思うものの、彗の体はピクリとも動かなかった。

目すら閉じられず、固まったままの彗と基親の距離がゼロになり——基親の唇が、そっと彗の額《ひたい》に触れて、そして離れる。

「……え……」

拍子抜けして、間抜けな声を漏らした彗に、

「期待してもらっていたようだが、まだ自分の気持ちを自覚できていない彗に手を出すつもりはないから安心しろ」

基親はそう言って、彗の頬から手を離した。

「明日、雅裕の世話はちゃんとしておくから、安心して、見舞ってくるといい」

いつものの、とらえどころのない微笑をうかべて基親は言う。

「……は、い…。そう、します」

返した自分の声が妙に遠く聞こえた。

そんな彗に基親は「ゆっくり休め」と声をかけ、部屋から送り出してくれる。

彗は廊下に出て、離れへと向かったが、どこかふわふわとして現実感がなかった。そして離れへと続く回廊まで来て、基親の唇が触れた額に指先でそっと触れる。

その途端、まざまざとその時のことを思い出して、主に恥ずかしさ成分でできた感情が湧きあがってきて、叫び出したい衝動にかられた。

――何？　デコちゅーって何？　青春漫画？　壁ドンレベルで青春？

しかも、思い出して、不愉快じゃない自分がいる。

普通、同性からされたら、瞬間的に何らかのリアクションを取っただろうに、何もできなかった。

「え、まずくないか、それ……」

何がまずいのかも分からないが、そう呟いていたが、その呟きに答える者はいない。

離れに戻ってもすぐに眠れそうになくて、彗はしばらく、池の側《そば》に設けられた灯籠《とうろう》の灯りで見える鯉《こい》の姿を、渡り廊下から見つめていた。

7

「すいちゃん、おかえりなさい」

会社から戻った彗を、雅裕が玄関まで出迎えてくれた。

「ただいま、まーくん。お出迎えありがとう」

彗がそう言って頭を撫《な》でると、雅裕は嬉しそうに笑う。

雅裕はここのところ、ご機嫌だ。

いや、これまでもご機嫌だったが、これまでに増してご機嫌なのだ。

彗が靴を脱いで玄関を上がる間にも、待ちかねたように今日の出来事を報告してくれる。

「きょうはねー、ばばちゃんと、ひろかちゃんといっしょに、おかいものいったの。ひろかちゃんのあかちゃんのおようふくとか、みにいったの」

詳しいことは聞いていないが、どうやら紘佳はしばらく本家にいるようで、日曜に彗が朋美に会いに病院に入っている間に、紘佳の荷物がいろいろと届いていたらしい。

そのため、今、こども園から戻った雅裕を愛《め》でてくれる相手が増え、雅裕のご機嫌具合も上がりっぱなしなのだ。

そして、彗も、朋美に会えたことで、精神的にかなり落ち着けた。

面会は一時間ほどで、その一時間の大半を、彗は携帯電話に収めてある雅裕の写真や動画を朋美に見せるのに費やした。

聞きたいことはいろいろあったが、朋美が一番心配しているのは雅裕のことだと分かっているからだ。

もちろん、朋美は最初にいろいろ謝ろうとしてきたのだが、朋美が謝らなければならないことはないし、説明もいらないと断った。

嘘をつかれていたことに対して怒っているとか、そういうことではなくて、自分が知っておくべきことなら、昨日、紘佳が言っていただろうと思ったからだ。

「紘佳さんが、俺に言わなかったってことは、俺が知らない方がいいってことだと思うし……俺が事情を知っても、何もできないだろうし。いろいろ、カタが付いたら、まとめて教えて」

それに、ただでさえ短い面会時間を、そんな湿っぽい謝罪や説明に使いたくなかった。

とにかく、彗は朋美が元気——少なくとも意識が戻ってちゃんと話ができる——なのを確認できただけでよかったし、朋美には何よりも雅裕が元気に過ごしていることを知らせた方がいいと思ったのだ。

本当は朋美の携帯電話にデータを送ればいいのだろうが、朋美が本来持っていた携帯電話は土屋の許にあるらしく、今は通じなくなっていた。

とはいえ、朋美の手元には新しい携帯電話がある。その携帯電話に、とも思ったのだが、ことが落ち着くまでは何が起きるか分からないので、朋美と連絡を取れるのは、紘佳か弁護士だけ、ということにしてあるらしい。

「加納先輩、本家に戻られたんでしょう？　多分、これからは先輩が雅裕の写真をいろいろ送ってくれると思うわ」

朋美はそう言っていたが、会いたいのには変わりがないはずだ。

「まーくん、本当に元気にしてるから……」

「ええ、そうね。家にいた頃より、表情が明るいわ……。彗ちゃんが、ちゃんと育ててくれてるって、よく分かる」

「俺がっていうより本家の人達がよくしてくれるからだよ」

「それもあるだろうけど…でもきっと、一番は彗ちゃんよ。ありがとう。迷惑かけるけど、もうしばらく、お願いね」

朋美の言葉に彗は頷いた。

朋美に頼られるなんて、考えてみればこれが初めてだった。

朋美はいつでも自分ですべて解決してきていて、彗の助けなど必要だったことがないのだ。

むしろ、自分で解決できてしまうからこそ、土屋とのことも自分でなんとかしなければと悩んでいたのかもしれない。

――俺、もっと頑張らないとな……。

朋美と会って、彗は改めてそう思った。

だが、今現在、彗が頑張らなければならないのは別件である。

「彗、ようやく戻ったか。疲れただろう？」

一旦離れに戻って着替えるべく、移動しかけた彗に、労《ねぎら》いの言葉をかけてくるのは、基親だ。

「ただいま戻りました」

彗はそう返し、足を止め挨拶をする。それに基親はやや不満げな表情で彗を見る。

「……えっと、何か？」

「さっきは出迎えた雅裕の頭を撫でていただろう？　俺には何もなしか？」

平然とそんなことを言ってくる基親に、彗は盛大にため息をつく。

「見上げなきゃならない身長差で頭を撫でろとか無茶言わないで下さい」

「ハグでもいいぞ」

即座に戻ってくる言葉に、彗は雅裕を見た。

「まーくん、俺の代わりに若旦那様にぎゅーしてあげて」

彗が言うと、雅裕は、うん、と頷き、基親に向かって両手を広げて見上げた。

「もとくん、ぎゅーする？」

「可愛すぎて断れないじゃないか」

基親はそう言うと廊下に膝をついて、雅裕とハグをし、そのまま雅裕を抱きかかえて立ちあがった。

「食事の準備ができている。俺は先に食べ始めている」

「分かりました、すぐに行きます」

彗はそう返し、離れに戻る。基親はそのまま雅裕を連れてダイニングへと向かった。雅裕は夕食を食べ終えているが、彗たちが食べる時にダイニングに一緒に入ることが多く、そこで何か飲み物を飲んで、彗たちが食べるのを見ていることが多い。

彗は離れに向かいながら、再びため息をついた。

彗が、今、一番頑張らねばならないのは、基親への対応だ。

土曜以来、基親のスキンシップが激しかった。

傍目《はため》にはじゃれ合っている程度にしか見えないだろうが、触り方がいちいちエロい…気がする。

しかも、雅裕と一緒にいる時に仕掛けてきて、雅裕とのスキンシップの流れでついでのように彗にも仕掛けてくるので、避《よ》けてしまうと不自然に思われてしまうので、避けられないのだ。

基親にしてもそれが分かった上で仕掛けてきているだろうから、タチが悪い。

「ホント、悪知恵も働くっていうか……」

悪態をつくが、嫌なら雅裕がいない時にやめてくれと言えばいいだけの話だ。

本気で嫌だと言えば、基親もさすがに無理矢理はしないだろう。

――じゃあ、何で俺、嫌だって言わないわけ？

多分とはいえ、してこなくなると分かっているのに、なぜ自分は黙っているのだろう。

もちろん、黙っている理由は説明しようと思えば説明できる。

たとえば、本家に世話になっているという立場上、基親の機嫌を損ねることはしたくない、とかだ。

でもそれは、彗にとっては「取ってつけたような理由」になる。

じゃあ、どうして黙っているのか。

「……やめやめ。解散」

彗は脳内で会議を開きかけていた自分の分身たちを解散させる。

とりあえず今は、まだ、答えを出さなくていい…と思う。

――姉ちゃんのことがいろいろ落ち着いたら、ちゃんと考えよう……。

それまでは、曖昧なままでいい。

彗はそう考えていたのだが、基親はどうやらそうでないらしく、それから数日がたった晩酌の時に、

「彗は、俺への気持ちに変化はあったか？」

結構な直球で聞いてきた。

「いえ、全然考えてないです」

それに彗は即答したのだが、

「なぜ考えない？」

基親からも彗と同じくらいの勢いで問いが返ってきた。

彗はしばらく間をおいた後、

「……考えても、分からなくなるばっかりなんです」

ふわっとした理由を告げる。

「一体、何が分からない？」

やはり即座に問い返された。

「んー……、やっぱり、何で若旦那様が急に俺のことなんかを好きだなんて言い出したのかってのが分かんないです」

最初の疑問を口にした。

そもそもはそこだ。

「まさか、好きだと思うのに理由が必要だとは思わなかったが……」

彗の問いに基親は腕組みをして首を傾げる。

「それはそうかもしれないけど……。何か一つくらい理由っていうか、ここが気に入った、みたいなところあるでしょう？　食べ物だって『ここのトンカツは衣のサクフワ加減が絶妙だ』とか、そういう理由があったりするもんだし」

一応分かりやすい例を添えて食い下がる。

「トンカツか……、例えるなら彗はトンカツというよりももう少し淡泊な料理だな」

「食べ物に例えろって言ってるんじゃないです」

本気なのかボケなのか分からないことを返してくるので、とりあえず突っ込んでおくと、基親は真面目な顔で、

「彗が、これまでに出会った者たちと、あまりに違うからだ」

そう言った。

「違うって…、俺、大して変わったとこはないと思いますけど」

ごく普通の一般人だと思う。だが、基親は頭を横に振った。

「ほとんどの者は、俺に何らかの見返りを求めてくる。学生時代の友人にしても、『加納』の恩恵にあずかろうとしてきた。交際してきた女性にしても『加納』のことは知らなくとも、そこそこ羽ぶりのいい俺に何かを期待して、あれこれ求めてきたからな。だが、彗にはそれがない」

「それは、充分してもらってるからです」

彗はすぐに返した。

実際、望む以上のことをしてもらっている。

「それに、彗は俺に対する態度があまり変わらないのがいい。本家に来てから、『加納の坊ちゃま』として、周囲から丁寧に扱われるのに慣れてしまったが、彗は普通に接してくれるからな」

続けられた基親の言葉に彗は首を傾げた。

「えーっと……、俺的には割と丁寧めに接してるつもりなんですけど」

言葉なども気をつけていたつもりなので、そこは一応伝えておく。

「そうやって、返してくれるのがいいんだ。……大抵は、会話が続かなくなる。特に、加納本家の後継ぎとして認知された今では、かつての同級生でさえ加納に取り入ろうと、見え透いた世辞を付け足してくるし、会おうなんて言ってくるのは何かしら頼みごとがある時だけだ」

自嘲《じちょう》めいて聞こえる口調の基親に、彗が口を開くより早く、

「だが、彗にはそういう気配がない。彗の一番が俺ではなく雅裕だというところも気に入っている」

そう続けてきた。

「だって、まーくんはまだ小さいから、誰かが守ってやれないと生きていくことすら難しいです。誰が守ってやれるんだってなったら、姉ちゃんが入院してる今は俺しかいないし」

優先順位の一番が雅裕になるのは、彗にとっては至極当然なことだ。彗のその言葉に、

「俺は、そんな彗を守ってやりたいと思うし、頼って欲しいとも思う。それは、彗にいつも幸せでいて欲しいからだと思うし、幸せにしてやれるのが俺ならいいと思っている」

基親は照れもせず、真っすぐに彗を見てそんなことを言ってきて、逆に彗が照れて視線をそらしてしまう始末だ。

そんな彗に、

「他に分からないことはあるか？」

基親が聞いてきた。

それに彗はしばらく考えた後、

「ぶっちゃけ、自分の気持ちが分かんないです」

一番肝心だと思う部分を口にした。

「彗の気持ちか。それは彗自身にしか分からないと思うが、具体的にどういうところだ？相談に乗るぞ？」

悩みの原因になっている基親に相談をするという時点でどうなのかという問題だが、知らぬ間に基親のペースに巻き込まれてしまっていた彗はその部分に気づかなかった。

「なんていうか、若旦那様のことが嫌だとか、そういうことは本当にないんです。最近、スキンシップが過剰気味だったりするのはちょっと困るっていうか、それは反応に困るって感じで。でも、嫌じゃないってことが、イコール恋愛としての好き、に短絡的につながるとも思えないし……なんていうか、同性を恋愛対象として見たことがないので、その辺りで思考停止しちゃうし……」

その言葉に基親は、もっともだとでもいうように頷く。

「純粋に、女性だけが対象なのと比べると選択肢が倍になるわけだからな」

「うん……？　まあ、そうとも言えるっていうか、そういう問題でもないっていうか？」

微妙にピントがずれた返事のような気もしたが、気にしていたら話が前に進まない気がしたので、彗は続けた。

「それに、若旦那様はこの家を継ぐ立場ですよね？」

「ああ。そのために引き取られて来たからな」

「だったら、さらにその後を継ぐ者を残すって意味で、子供を作れる相手と、そう遠くないうちに結婚するのが義務的な……そんな流れになると思うんです。だったら、先がないのも見えてるっていうか」

後継ぎを残すことが義務になる家柄というのは、少なからずある。少なくとも加納はそういう家だ。

ならば、仮に基親とそういう関係になったとしたら、自分の立場は『愛人』ということになるだろう。

正直、それは嫌だ。

朋美が土屋の不倫でどれだけ苦しんだか分からない。

誰かを苦しめるような立場の一角に、なると分かっていて踏み込む気にはなれなかった。

それは恋愛に限らず、だ。

だが、そんな彗の言葉に、

「もし、彗がそこを問題視していて、俺とのことを考えられないというなら、俺が『結婚』を誰ともしない、ということになる」

静かに基親は言った。

「え？」

「『家のための結婚』なんてものは、まっぴらだからな。そのために、好きな相手と一緒にいることができないなんていうのは愚にもつかない。……もちろん、彗と結局、どうにもならなければ諦《あきら》めるしかないだろうから、その時は『家のために』割りきって結婚することになるだろうが」

真面目な顔で、淀《よど》みなく基親は言う。

それは今、考えました、というのではなく、前からそういう考えでいたことが分かるものだった。

「でも…後継ぎが……」

何がどうあっても、彗が生むことはできない。

そして、基親は後継ぎを設けることが必要な立場だ。

しかし、そんな彗の言葉に、

「紘佳のおなかの子供を据えればいい」

あっさりと基親は言った。

「若旦那様は簡単に言うけど……紘佳さんのおうちの事情だってあるし」

最初からそういう前提で紘佳も納得済みなのか、将来的にそうすることも可能だという意味かは測りかねていると、

「紘佳の家は、ここしかない。紘佳はいわゆるシングルマザーの道を選んだからな」

「そう、なんですか……？」

「ああ。紘佳も相手も互いに『結婚には向かない人間』だと自覚している。紘佳自身、実業家として安定した収入があるから、経済的な不安もないからな。紘佳の子は、加納の子だ」

そういう決意をする女性が増えているらしいというのは聞いたことがあるが、まさか身近にその決意をする人がいるとは思っていなかった。

「他に問題はあるか？」

続けて基親が聞いてくる。

それに彗は考えるが、それ以上は思い当たらず黙っていると、

「では、解決していない問題は『嫌じゃない＝恋愛として好き』ということでない気がする、

というのと、『同性を恋愛対象として見たことがない』の二つだな」

基親はまとめに入った。

「そう、ですね……」

「この二つに関しては、これから彗が俺をそういう対象として考えて、積み重ねていくしかないと思うんだが」

確かにそう言われれば、そういうことになる――気はするが、何かずれているような気もしないではない。

しかし、そのズレに彗が頭を巡らせるより先に、基親は立ち上がり、彗の側に腰を下ろした。

「……なんですか?」

急に近づいてきた基親に、彗が問うと、

「荒療治的なものもあるわけだが」

そう言うと、彗をいきなり抱きよせた。

「若旦那様……っ!」

突然のことで彗は慌てるが、慌てる間にそれはハグから、背後から彗の首に回すスリーパーホールドというプロレス技に移行する。

「ちょっと、ちょっと……絞める気ですか!」

彗は首に回った腕を叩いて抗議するが、基親は笑っていて、緩める気配がない。

もちろん、彗を絞め落とす気はないらしくそういう意味での力は込められてはいないが、逃がすほど緩めているわけでもないという絶妙の力加減だ。

彗は自分の首と基親の腕の間に自分の手をねじ込んでいく。

「考えたな」

楽しげに基親は言ってくるのに、

「ホント、ちょっとムカツク！」

言いながら彗は全力で基親の腕を押しのけ、できたすき間から頭を抜いた。

こうしてスリーパーホールドから逃れたのもつかの間、すぐに足を摑まれて、今度は四の字固めだ。

「いたたたたたっ！　痛い、痛いって！」

「まださほど力は入れてないぞ。体が硬いんじゃないのか？」

「いやいやいやいや、無理無理無理無理！」

彗は、畳を二回たたいて、降参するが、基親は技を解こうとしない。

「ちょっと！　タップしたでしょ！　ほら、ほら！」

彗がもう一度二回、畳を叩くと、基親はようやく技を解く。

それに彗は畳の上にぐったり体を伸ばし、乱れた息を継ぐ。

「……四の字とか、小学生ぶり…子供か！」

彗がそう言って笑うと、基親も笑っていた。

だが、その基親の顔が不意に近づいてきて、あ、と思った時には唇が触れていた。

今度は、額ではなく、唇に、だ。

――え……。

戸惑っているうちに、唇を割ってぬるりと舌が入りこんできた。

口の中を好きに動きまわり、時折、ちゅ、ちゅぷ、と濡れた音が響く。

――キス、されてる。

自覚した時には、もう、いろいろと遅かった。

着ていたパジャマの上衣のボタンが外され、胸の薄く色づいた突起を指で捕らえられる。

「ん……っ」

上がりかかった声が口づけに阻まれる。

基親は捕らえた乳首を指先でくりくりといじって弄《もてあそ》んでくるが、くすぐったくて奇妙な感じがするだけだ。

「ぁ、…っ」

いつの間にか唇が離れて、彗の口から声が上がる。

その声に基親は捕らえた乳首をつまんで、引っ張った。

「ぁ、あ……ッ、ちょっと、待って」

きゅっとつまみ上げた後、こりこりと捏《こ》ねられて、くすぐったいのとは別の感覚が生まれてくる。それに彗は胸をいじっている基親の手首を摑んだ。

「若旦那、様……っ」

言外に、やめてと告げるのに、基親はただ微笑むだけでやめようとはせず、さっきよりも強く乳首をつまんできた。

「……っあ、あ」

走り抜ける感覚にさっきよりも高い声が漏れ、彗は混乱する。

——ヤバい、これ、ちょっとヤバい……。

普段、あることすら忘れている場所なのに、絶対におかしい、マズい。

危機感を覚えて逃げようとするが、基親はもう片方の胸にも唇を落としてきた。

「やっ……ちょ…何、して……！」

滑《ぬら》つくように舌先で乳首を撫でられて、もう片方は指先できゅっと引っ張られる。そうかと思えば唇に捕らえられた方に甘く歯を立てられて、腰まで響くような感覚が走った。

「や……ッ、あ、ゎか、だんなさま……っ」

なんとかしようと震える手で基親の頭をどけようとしてみたが、うまく力が入らなくて無理だった。

基親は頭をどかせようとした彗に罰を与えるように、乳首を強く吸い上げ、もう片方は指の腹で押しつぶしてくる。

「ん…っ、あ、ぁぁっ、あっ」

ひくっと体が震えて、腰が揺れる。

そんな彗の様子に、基親は顔を上げるとそっと彗の下肢に手を伸ばし、パジャマズボン越しに彗自身に触れた。

「どうやら、感じやすいようだな」

熱を孕《はら》みかかっているのを指摘されて、彗はいたたまれなくなる。

「わかだんな、さま……」

抗議したいのか何なのか分からないが、基親を呼ぶ。そんな彗に基親は微笑むと、

「汚す前に脱いだ方がいいだろう……なぜそうしたのか、詮索される前にな」

そう言うと、片方の手で彗の腰を抱きあげ、もう片方の手で下着ごとパジャマズボンを引き下げると、するりと足から抜き取った。

「……っ…！」

すべてを暴かれて、声すら出せない彗の自身を基親は直接手で包みこんだ。そしてそのまゆっくりと扱《しご》き立ててくる。

「ぁ…。あ、あ…っ」

感じかけていた自身はあっという間に熱を孕んで、あげく蜜を零《こぼ》し始める。

ぐちゅぐちゅと濡れた音が響き始めて、彗はいたたまれなくなって顔をそむけた。

だが、その彗の耳に唇を寄せ、基親はくちゅっと舌を差し込んだ。

「ひぁ……っ、あ、やぁっ、あ！」

くちゅん、ぐちゅっと、頭の中に直接響いてくるような水音が酷くいやらしい。

それと同時に体中から力が抜けてどうしようもなかった。

「ダメ、耳……ゃ、や…っ」

嫌だと言えば言うほど、耳朶《じだ》を噛んだり、舐《な》め回されたり悪循環で、彗自身も完全に熱を孕みきっていた。

先端からトプトプと蜜を溢《あふ》れさせていて、基親の手がその蜜で滑《なめ》らかにうごめき、扱き立ててくる。

ぬちゅん、ぐちゅっと、わざと音を立ててくるのに、彗は震える。

「ゃ……、ぁっ、ああっ、だめ、あっ、先、や、やっ！」

蜜を零す先端を親指の腹で擦《こす》られて彗の腰が悶《もだ》えるように揺れた。

「ダメ、やだ、や、あっ、あ……もう無理、あっ、あ」

「ダメじゃないだろう？　気持ちよさそうな顔をして……」

耳に直接吹き込むような囁きと同時に、手で作った輪で、根元から先までを絞り上げるようにして扱いてくる。

「………っ…あっ、あ、あ！　い、あっ、あ」

敷き込んだ彗の体が一瞬強張《こわば》り、それからガクガクと震えて、彗自身から蜜が吹きあがった。

「…ぁ――っ、あ。……んぅ…っ、あ、あ」

断続的にびく、びくっと体を震わせて蜜を吹き出す彗自身から、すべてを絞り取るように
して基親が扱いてくる。

達している最中に与えられる刺激に、彗はもうどうしようもなくて、震えて声を漏らす以
外に何もできなかった。

そして達しきったところで、ようやく基親の手は止まったが、

「そんな蕩《とろ》け切った顔をされると、手放せなくなる」

また、耳元に囁いてきて、彗の体が震える。

だが、そんな彗の様子に基親は少し笑うと、体を離した。

そして、手近にあったおしぼりを手に取ると、汚れた彗自身や体を拭き始める。

「……ゎか、だんなさま…」

「声も蕩けているな。誘っているのでなければ、黙っていた方がいい」

そう言って拭き終えた彗の体にまとわりついていたパジャマの上衣のボタンを留め直し、
それから脱がせた下着とパジャマズボンも身につけさせる。

それでも彗は体を起こすこともできず、横たわったままだ。

そんな彗に、

「言っただろう？　気持ちの定まっていない彗に無理強《じ》いはしない、と。……まあ、多少エスカレートしたが、許せ」

そう言うと、またこの前のように額にキスをして離れ、元の場所に腰を落ち着けた。

「立てるようになったら、部屋に戻っていい。まあ、このままここで眠ってしまってもいいぞ。襲ったりはしない」

どこか面白げに言った基親にどう返事をしたものか分からず、彗は黙っていたが、とりあえず今の出来事が起きたら記憶から抹消されていてほしいな、と願った。

8

一線を越えた——わけではないものの、越えかけた状態で基親の顔をまともに見られるような度胸は彗にはなかった。

だが、基親はまったくもって今まで通りだ。

いや、今まで通りというより、エスカレートしている。

「すいちゃん、もとくん、いってきます」

朝、こども園に向かう雅裕を彗は基親と共に見送った。

いつもは彗の方が出社が早いのだが、今週は現場の勤務シフトの人員調整がどうしてもうまくいかず、雅裕の世話があるので昼勤務だけにしてもらっている彗が準夜勤と呼ばれる夕方からのシフトに入ることになったので、出社が遅いのだ。

もちろん、断ろうと思えば断れたのだが、朋美の件があってからずっと会社には無理を通してもらってきているので、雅裕の世話を屋敷の人に任せることにして、受けたのだ。

「気をつけてね」

「うん！」

笑顔で頷く雅裕に、

「友達と仲良く、だぞ」

「はーい」

「じゃあ、『行ってらっしゃい』のハグだ」

基親がそう言って腰をかがめ、雅裕とハグをする。

「『いってきます』のぎゅー」

雅裕も抱きついて言ってから、基親と離れる。

どうやら知らない間に二人の間でそんな儀式が誕生していたらしい。

その光景を微笑ましく見ていると、立ちあがった基親が今度は横から彗を抱き締めてきた。

「ついでの『ぎゅー』だ」

「ちょっと……！」

傍目にはふざけ合っているようにしか見えないだろうが、雅裕から見えない場所に置かれた手の動きが微妙にいやらしく、ヘンな意味合いを感じ取って彗は焦る。

だが、雅裕の手前、どうするのが正解か分からずにいると、

「とう！」

威勢のいい掛け声がしたかと思えば、突然基親が蹲《うずくま》った。

何が起こったのかと思ったが、蹲った基親の背後に、紘佳が立っていた。

「教育的指導」

どうやら、基親の膝裏に蹴《け》りを食らわせたらしい。

「紘佳…少しは加減を」

「油断大敵」

再び短く基親に言った後、打って変わった優しい笑顔と声音で、

「まーくん、いってらっしゃい」

送り出す。それに雅裕は、

「うん！　ひろかちゃん、あかちゃん、いってきます」

笑顔で返して、玄関の三人に手を振ると、控えていた新田――一連の騒ぎに笑いをかみ殺している――と一緒に車寄せに止めてある車に乗って、出かけて行った。

それを見送ってから、

「朝から子供の前でいちゃつくのやめなさいね？」

紘佳は基親に言い渡してから、彗にも視線を向け、

「彗くん、基親に遠慮なんていらないから、嫌な時は急所狙っていきなさい？」

えげつないアドバイスをしてくる。

「今後、そうします」

彗は素直にアドバイスを受け入れる。

紘佳は、基親が彗のことをそういう意味で好きだということを知っている。というか、基

親が報告したらしい。

紘佳には、恩義を感じて断れないんじゃないかといたく心配されたが、そういうわけではなく、自分の気持ちもまだ分からないので、返事は待ってもらっている状態だと伝え、自分の気持ちが違うと分かったら、はっきり断る、とは伝えた。

その上で紘佳の目から見て、基親の態度が「返事待ち」の域を超えたと判断した場合、今のように制裁を加えてくれている。

「まったく、実の弟に酷いな」

痛みから立ち直った基親が苦笑しながら言うのに、紘佳は涼しい顔で、

「実の弟が性犯罪者になるのを止めてあげてるんじゃない」

さらりと言う。

そんなやり取りが罪にもわだかまりにもならないほど、この姉弟は仲が良かった。

こうして雅裕の見送りを終えると、彗は一旦、離れに戻った。

準夜勤のシフトは午後四時から夜中十二時までの八時間なので、昼までもう少し眠っておかないと、睡眠時間が足りないのだ。

敷いたままだった布団にもぐりこむと程なく彗は眠りに落ちた。

そして、かけていた目覚ましの音で目を覚ますと、部屋には基親がいて、彗を見ていた。

「……若旦那様…、どうしたんですか？」

「夜這《よば》いに来たんだが、あまりに可愛い顔で寝ているから眺めていた」

「昼でも夜這いって言うもんなんですか？」

本気で言っているわけではないのは分かっているので、彗は特に気にせず軽口を返して体を起こす。

基親は何も用がないのに、離れの中に勝手に入ってくるような真似はしない。

何か用事があるはずだ。

「夜這いついでの用事はなんですか？」

そう問うと、

「身の回りに気をつけた方がいい」

「今のところ、気をつけなきゃいけないのは若旦那様に対してだけだと思ってますが……？」

「なかなか言うようになったな」

基親はそう言って笑った後、真面目な顔をして続けた。

「書類がすべて揃ったから、明日着で土屋にＤＶと不倫を理由にした離婚のための書類を送った。不倫相手にも慰謝料請求の書類が届く」

「裁判ってことですか？」

「いや。弁護士を通しての話し合いだ。それで決着がつかなければ協議離婚、それでも無理ならば裁判に進むことになるが……揃った書類を見れば、土屋は離婚に応じるしかないだろう。朋美さんの意識が戻っていることなども書類を見れば分かる。……土屋にとっては厳しい条件がつきつけられた離婚になるから、書類が到着したら、こっちに何らかのアクションを取ってくるだろう。弁護士を通すように伝えてはいるが、それ以外の手段を取ってくる可能性も充分ある」

「直接ここに、とかですか？」

彗の問いに基親は頭を横に振った。

「いや、ここに来たところで門前払いだ。雅裕と彗にコンタクトを取る可能性がある。雅裕の送迎にはこれまで以上に細心の注意を払わせるし、磯崎《いそざき》も同乗させる。事と次第によっては園を休ませることも考えるが……、彗は会社を休むわけにはいかないだろう？」

「そうですね、さすがにそれは」

「そういう意味では彗が一番危険だ。通勤もスクーターだしな……。片付くまで俺が送迎しようと思うが」

基親の言葉に彗は難色を示した。

「それはちょっと……。俺を通じて本家に取り入ろうとする人がいないわけじゃないですし」

引っ越しなどで通勤ルートがかわる際には届を出さなくてはならない。届を出さないままで、通勤中に事故などに遭った場合、提出されているルート外での事故の場合会社からの保険が下りないからだ。

そのため、彗は伯父夫妻の家に移った時も、本家に来た時も、届を出した。

結果、住所で加納本家に身を寄せているとすぐにばれ、本家との関係を聞かれ、面倒くさかったのだ。

『分家の伯父さん夫婦が、やっぱり子供がいると騒がしくてつらいみたいで。そしたらたまたま本家の人がきて事情を知って、空いてる離れがあるからどうかって。それで甘えさせてもらってるんですけど、離れから直接外に出られるようになってるんで、本家の人とはほとんど会わないんですよ。大家さんみたいな感じです』

と親しいわけではないと、聞かれる度に同じ説明を繰り返して、理解してもらった。

会社で怪我をした時には基親に来てもらったが、それは緊急事態だったから、で納得してもらえたのだ。

「若旦那様に送迎されたら目立ちますし……」

「目立たなければいい。そうだな、目立たない軽自動車を買おう。それで送迎してもいいし、ああ、これから、彗がそれで通勤をすればいい。雨の日はつらいと話していただろう？」

基親はこともなげに言う。

「……スクーターで大丈夫です。土屋さんが狙うとしたらまーくんですよ。まーくんなら連れて行きやすいし何かあっても父親だ、で通るし。言い方は悪いけど、交渉材料にするには一番適してる。俺は、離婚には全く関わりがない立場ですし、成人男子の連れ去りって、そう簡単じゃないですよ？」

彗の言葉に基親は納得できないようで難しい顔をしていたが、

「ちゃんと、注意します。それに、軽自動車の準備だって、今買ってすぐ乗っていけるわけじゃないいんですから…。登録だなんだで何日かはかかっちゃうじゃないですか」

「それはそうだが」

「無駄になっちゃう可能性が高いですから……もちろん、無駄にはならないっていうか、あれですけど、やっぱり、最初の車はこういう状況でバタバタ買うんじゃなくて、いろいろ調べた上で楽しみながら買いたいですから」

彗が言うと基親は不承不承という様子を見せながらも、

「特に今週は準夜勤で、帰宅が夜中になるだろう。細心の注意を払え、いいな？」

一応は主張を受け入れてくれた。

「はい、心します」

それは適当に返事をしたわけではない。

基親の言う通り、今週は陽《ひ》のあるうちに帰って来られるわけではない。

人気《ひとけ》のない夜道は、他の車もスピードを出しがちで、事故の確率も高くなるのだ。そういう意味でも彗は充分に気をつけて通勤をしていた。

数日が過ぎ、週末。

彗は今週最後の準夜勤を終えて帰路についていた。

出社する時は降っていなかったのに、退社時には雨が降っていて、ついてないなと思いながらスクーターを走らせていた。

だが、その途中、ちょうど車がギリギリ対向できる河川敷の道で、事故でも起こしたのか、車二台が道を塞ぐようにして止まっており、運転手らしき人物二人が降りていた。

接触事故でも起こしたのかもしれないが、あいにく、彗もそこを通らねば帰宅ができない。もうひとつ道があるがかなり遠回りになってしまうので、もし通れるようならそこを通りたかった。

「あのー、すみません。車、どちらも動かせない感じですか?」

スクーターにまたがったまま彗が声をかけると、話をしていたらしい二人の運転手が近づいてきた。

その二人は、多少やんちゃをやっていそうな感じで、彗よりは少し年上に見えた。

——あ、マズい人に声かけた?

そう思ったが、近づいてきた二人は、キレ気味でもなくごく普通というか、むしろフレンドリーに、

「あー、ごめんねー」

「邪魔になってるよねぇ」

そう声をかけてきた。

「いえ、えーっと無理そうなら、大丈夫です。他の道当たるんで……」

彗は一応遠慮しつつ聞いてみたその時、

「大丈夫だよ、柳田彗くん」

フルネームを片方が呼んだ。

それに、え？　と思った次の瞬間、首筋に強い衝撃が起こり、彗の意識が飛んだ。

◆◇◆

寒さに目が覚めたら、むき出しの鉄骨の梁や、外国の言葉が書かれた段ボールや木箱がつまれているのが見えた。おそらく、どこかの倉庫だろう。

イスに座らされた状態でロープでしっかり縛られていて、身動きができなかった。

「やっと起きたか」

聞き覚えのある声に視線を向けると、そこにいたのは土屋だった。

相変わらず日焼けサロンで焼いているらしく、褐色の肌に、審美歯科で磨いている歯が胡《う》散《さん》臭いまでの白さで輝いている。

「……お久しぶりです」

嫌味を込めて言う。

「永遠に会いたくなかったって顔で言うかねぇ」

うすら笑いを浮かべる土屋に、彗はため息をついた。

「それは、土屋さんだって、同じじゃないですか？　生意気な義理の弟の顔なんてできれば見たくなかったでしょう?」

彗が言うと、いきなり後ろから髪を摑まれた。

「い……っ！」

「ガキが、ふざけたこと言ってんじゃねえ！」

その声は雨の中で近づいてきた運転手のものと同じだった。

土屋ともともとつながりがあったか、それとも今回雇われたか、こういうことをするのに手なれた連中なのだろう。

とりあえず、拉致《らち》されるにしても雨じゃなければよかったのに、と思う。

雨で濡れたせいで酷く寒くて仕方がなかった。

「まあ、そう手荒に扱うな。今はまだ義弟《おとうと》だ」

相変わらずうすら笑いのまま、土屋がゆっくりと近づいてくる。手に、彗の携帯電話を持っているのが見えた。

「朋美と離婚の話が出てるのは知ってるな?」

「ええ」

「不倫の件は仕方がないとして、DVに関しては俎上《そじょう》に上げるなと朋美に伝えろ」

土屋はそう要求してきた。

「……無理です」

「ああ?」

言葉と共に、また背後の男に髪を強く引っ張られる。

何本かは抜けたかもしれないな、と思いながら、彗は言った。

「姉ちゃんとは、連絡、取れないんです」

その途端、土屋に平手打ちをされ、衝撃が収まらないうちにきつく両頬を摑み絞められた。

頤《おとがい》の骨がギリギリときしむ。

その痛みに顔を歪める彗に、土屋は続けた。

「嘘つくとロクなことにならねえぞ。どんな名前でケータイに登録してあるんだよ」

「し、ら…ない……」

答えた途端、往復の平手打ちをされたあげく、こめかみを殴られた。

その勢いで、彗はイスごと横倒しになる。

「いっ！」

頭を床に打ち付け、その痛みに顔を顰《しか》める彗の頭を、土屋が靴で踏みつける。

「涙が出るほど仲良し姉弟のおまえらが、連絡を取りあってねえはずがないだろ。言え。もっと痛い目をみねえと、しゃべれねえか？」

「だから、本当に知らない……」

「この野郎！」

強情な彗に——実際、知らないのだが——土屋が切れて、彗の体を繰り返し蹴った。そのうちの一発がみぞおちに入り、彗の意識が飛びかける。

だが、意識が飛ぶ間もなく、さらに強い痛みを与えられ、一瞬、死ぬかな、と思った。

その時に彗の脳裏によぎったのは、基親の顔だった。

——あー……、こんなとこで死ぬんだったら、あの時に流されてエッチしときゃよかったかなぁ……。

そんなことを思う間も、容赦なく蹴りが炸裂《さくれつ》する。

「しらない…本当に、しら、ない……」

うわごとのように彗は繰り返す。

もし、知っていたら話してしまっていたかもしれないと思うほど、その蹴りは苛烈《かれつ》だった。

「起こせ！」

蹴り飽きたのか土屋が命じ、彗は再びイスごと座した状態に戻される。

「もっと痛い目にあいたいか？　ああ？」

そう言いながら土屋は上着のポケットからナイフを取り出し、彗の頬をそれで撫でる。その刃が少し頬に食い込んだ時、倉庫の扉が開く音が聞こえた。

土屋の新たな仲間が来たのかと思ったが、

「誰だ！」

焦った土屋の声から想定外の客が来たのだと知れた。

「――縛った相手に暴力か」

聞きなれた声が響く。

基親の声だった。

その声がした方へと目を向けると、いつもの微笑を――いや、酷薄といった方が近い笑みを浮かべた基親がゆっくりと歩み寄って来ていた。

「これはこれは加納本家の当主代理」

「彗を返してもらおうか」

「タダではねぇ。おまえと、おまえの姉貴が裏で糸引いてんのは分かってんだよ。しみったれたあの女と別れるのに異論はねえが、条件が悪すぎる。ＤＶに関しては引け。その分の慰謝料もな。そうすりゃ、彗を返してやる」

「それは無理な相談というものだ」

即座に断った基親に、土屋は再びうすら笑いを浮かべ、

「ちょっと交渉方法を変えた方が、理解を得られやすいか？　おまえら、やれ」

控えていた男に顎でしゃくって命じる。

彗の背後にいた男が動くのと同時に、他にも控えていたらしい男が数人基親を囲み、基親を両サイドから捕らえて動きを封じる。

「若旦那様……！」

彗が叫んだ時、基親の正面にいた男が、腹部にめがけて警棒のようなものを思いきり打ちつけた。

基親の体が前に傾ぐ。

「若旦那様！　若旦那様っ！」

彗が叫んだ時、

「これで、正当防衛が通用する……」

底冷えするような基親の声が聞こえたかと思うと、基親は自分を捕らえる男たちに上半身を預けて、正面にいた男に蹴りを食らわせた。

基親のまさかの動きに男たちがひるむ。その時に捕らえる力も緩んだのだろう。基親は体

をひねってまず一人の腕から逃れ、それと同時にもう片方の人間の手を捕らえて一本背負いの要領で投げた後、腕を捻《ひね》って肩を脱臼《だっきゅう》させた。

そして、蹴りを食らわせた男が落とした警棒を手に取ると、あとは無双だった。的確に急所を打ち、ひるんだところで肩なり肘なりの関節を脱臼させて戦意を失わせる。

そして全員を倒すと、穏やかな笑みを浮かべ、土屋に近づいた。

「……来るな!」

土屋は持っていたナイフを、彗の首筋に当てた。

「DVの件は取り下げろ。それでこいつが助かるなら安いだろう?」

まだ交渉してくる土屋に、

「これ以上、彗に傷をつければ容赦はしない」

冷たく基親は言い放つ。それに土屋はナイフの柄の後ろで彗のこめかみを殴った。

ナイフを使わなかったのは、刃物傷で病院に行けば一気に警察沙汰《ざた》になるのを恐れてのことだろう。

だが、彗を殴ったことで、基親がキレた。

「容赦はしないと、言ったはずだ」

物騒な笑顔を浮かべたと思った次の瞬間、一気に間合いを詰め、土屋の胸倉を摑んだかと思うと、そのままみぞおちにひざ蹴りを入れた。

「ぐ……っ……う、ふ……！」

土屋の口から苦鳴が漏れたが、それに構わず基親は腕を捻り上げ、肩関節を外した。

その上で、足払いをかけて土屋を床に倒れさせると、薄笑みを浮かべたままで土屋を蹴りあげた。

土屋が悲鳴を上げようとどうしようと、変わらず薄笑みを浮かべたまま、多少興が乗った出し物でも見るような様子で、蹴り続ける。

「わか……」

さすがにマズイと思って彗が基親を止めようとした時、

「そこまで」

倉庫の入り口から、凛《りん》とした女性の声が響き、その声に基親の動きが止まった。

つかつかと基親の許に歩み寄って来たのは紘佳だった。

紘佳は彗を見ると、

「大丈夫？　ああ、こんなに怪我をさせられて……痛かったでしょう？」

心の底から心配してくれている様子で言った後、基親に視線をやり、

「すぐにほどいてあげて」

指示を出すと、倒れ込んだままの土屋を、まるで虫けらでも見るような目で見下ろした。

「余罪、いろいろありがとう。まさかここまで自分で有責カウンターがん回ししてくれると

思わなかったわ。これも合わせて、改めて請求するわね？」

そう言うと、一緒に来たらしい磯崎と、見知らぬ男たちに視線を向けた。

「後のことは、さっき指示した通りに処理をしておいてもらえる？　私たちは先に戻っているわ」

「畏《かしこ》まりました」

紘佳の言葉に磯崎は静かに答え、磯崎の目配せで男たちが動き出す。

それを見やって、紘佳は基親と彗に視線を戻した。

「私は先に屋敷に戻ってるわ。基親は彗くんを紀藤《きとう》先生のところに連れて行ってあげて」

「分かった。……彗、立てるか？」

基親は彗を半ば抱きかかえるようにしてイスから立たせた。

体のあちこちが痛んだが、幸い、歩くのにはさほど支障がなく、彗は基親に支えられながら倉庫を後にした。

基親と共に訪れた「紀藤先生」というのは、加納家から歩いて行けそうな距離にある、「診療所」規模の医院だった。

紘佳からすでに連絡を受けていた六十に手が届くかどうかといった医師が迎えてくれ、彗はそこで一通りの検査と治療を受けた。

紀藤医院は昔から加納のかかりつけ医院でもあり、また、あまり詮索されたくない怪我

――基親はケンカが多かったらしい――の時には、紀藤に診てもらってきたらしい。

治療を終えて本家に戻ると、紘佳が入って来た車の音で気づいたのか玄関まで出迎えに来てくれていた。

「客間に布団を準備してもらってるわ。……さすがに、雅裕くんが朝イチで彗くんの顔を見たらインパクトありすぎだから」

「そんなに酷い、ですか？」

「まあ、そこそこね。腫れが引けばマシにはなると思うけど、青あざは結構残りそうね。……ああ、立ち話も何だから、客間に行きましょう」

紘佳に促され、客間に移った。

そこは、最初に屋敷に来た日に泊めてもらったあの部屋だった。

布団が準備されていて、彗はとりあえずそこに寝かされた。

「紀藤先生はなんておっしゃってた？」

「骨折もないし、内臓損傷も見受けられないが、もし血尿が出たり、頭痛やめまいが出ればすぐに来るようにと」

「他には？」

「怪我の様子から、質《たち》の悪い連中に金品を巻きあげられた際に怪我を負った、で通るだろうと」

「分かったわ」

紀藤はこういったことには慣れているのか、怪我の状況から、もし表沙汰になった場合一番違和感のない状況説明の仕方までレクチャーしてくれた。

「それから、妊婦は あまり無理をするなと」

「妊婦にも、多少の運動は必要なんだけれど」

紘佳は笑って言ってから、彗に視線をやった。

「怖かったでしょう？　こんな怪我までさせて…ごめんなさい」

「いえ、紘佳さんが謝ることじゃないです。全部、土屋さんのせいですし……車での送迎を断ったのは俺だし」

大袈裟《おおげさ》だと思ったのは事実だし、できる限りの注意をしていたが、どこかで「そんなことが起こるはずがない」と思っていた。

「いつも帰ってくるはずの時間になっても帰ってこないから、携帯電話の場所を探したのよ。GPS、入れてもらってたでしょう？」

基親に気をつけるようにと言われた日、用心に越したことはないと携帯電話にGPSアプリを入れた。

携帯電話を潰されていれば話は違っただろうが、土屋は彗が朋美の連絡先を知っているはずだと踏んで、そのままにしてくれていたからあの倉庫が分かったようだ。

「居場所が分かった途端、この子、すっ飛んでっちゃって。基親は頭に血が上ると、見境なくなるのよ。案の定、バーサーカーかって騒ぎになってたし……」

紘佳の言葉に、あの時の基親の様子を思い出した。

バーサクしていたような様子には見えなかったが、確かに容赦なかったと思う。

「鬼強いって感じで、びっくりしました」

荒事なんてしそうにないだけに、ギャップが凄かった。

「若旦那様も、最初警棒で……。おなか、大丈夫なんですか？」

「ああ。腹筋に力を入れていたからな」

こともなげに基親は言う。

――そういえばいい体してたもんなあ……。

うすぼんやりと、いつぞや風呂で背中を流した時のことを思い出すついでに、思い出してはいけない夜のことを芋《いも》づるで掘り起こしそうになり、彗は慌てて回想を終了させる。

「彗くん、今回の被害についても交渉のカードにしていいかしら？」

「全部、お任せします」

彗が答えると、紘佳はにっこりと笑った。

「分かったわ。最大限、むしり取ってくるから、安心して」

この上なく嬉しそうな彼女に、多分、敵に回したらダメな人だな、と彗は確信する。

「じゃあ、私、今夜は彗くんの代わりに離れで寝るわね。朝起きて誰も居なかったら、雅裕くん心配しちゃうと思うから」

「いろいろすみません」

「いいのよ。可愛い子の添い寝は、お金を払ってでもしたいくらい」

紘佳はそう言うと、客間を後にした。

二人きりになった客間で、最初に口を開いたのは基親だった。

「助けに行くのが遅くなって、悪かった……。彗に、こんな怪我をさせた」

それに、彗は頭を軽く横に振った。

「若旦那様が謝ることじゃないし、助けに来てくれて凄く嬉しかったです」

そう言ってから、少し間を置き、

「若旦那様が、ケンカが強くてびっくりしました。そういうイメージ、なかったから……」

付け足すと、基親は居心地の悪そうな顔をした。

「……紘佳が言った通り、俺は頭に血が上ると見境がなくなるようだ。十代の子供の頃ならまだしも、三十になっても自制ができないのは問題でしかない……」

自戒するように言った後、

「嫌になったか?」

そう聞いてきた。

「……不謹慎かもしれないけど、格好良かったです」

彗はそう言ってから、

「若旦那様が来る前、大袈裟だけど、死ぬかなって思ったことが一瞬あって……その時に、このままここで死ぬなら、この前、若旦那様とエッチしとけばよかったなって思いました」

苦笑しながら続ける。

それに基親はさすがに言葉に詰まった様子を見せた。

「死ぬかもって状況で思ったなら、多分、本音だと思います。……俺、若旦那様のこと、きっとそういう意味で好きです」

ごちゃごちゃと理性や常識が働いていた時は、考えること自体にストップをかけていた。

だが、あの瞬間に真っ先に基親のことを思い出したことが、もう答えだ。

「彗……」

基親が囁くように名前を呼び、壊れ物に触れるように彗の頬に優しく触れた。

そして、そのままかがみこんで、触れるだけの口づけをする。

「……このままここで、というわけにいかないのがつらいところだな」

そう言う基親に、

「さすがに、満身創痍《まんしんそうい》って感じなんで、無理です」

笑って返した彗だが、笑うだけでも体に響いてきつかった。

その様子に、

「無理をせず、もう眠った方がいい」

「……そうですね。若旦那様も、寝てください」

「彗が寝たらな」

基親はそう言って、彗の目の上にそっと手を置いた。

それに彗は目蓋《まぶた》を閉じる。

疲れのせいであっという間に彗は眠りに落ち、翌日目を覚ますと、基親が彗の隣に布団を敷いて寝ていて、その寝顔に無事に帰って来られて良かった、と改めて思った。

9

朋美と土屋の離婚が正式に成立したのは三週間ほどしてからだった。

不倫も朋美へのDVも言い逃れのできない証拠があり――朋美は集めた証拠をすべて紘佳と共有のデータにしていたらしい――それに加えて彗の拉致と暴行に関しても上乗せをして慰謝料を請求した。

DVと彗の件に関しては、土屋から表沙汰にしないという条件がついたため、それを飲む代わりに慰謝料等はかなりの額を請求したが、土屋は飲んだ。

土屋は経営コンサルタントだ。セミナーなども多く開催していて、かなりの集客がある。だからこそ、スキャンダルは避けたいのだろう。

不倫はもはや隠しようのない事実で、有名人の不倫などは厳しく断罪されることもあるご時世ではあるが、一般人の「そこそこイケメンの金持ち」の不倫は、まだそこまでではなく、致命傷にはならない。

一時噂になろうとも、そんなこともあったなと忘れられるものだ。

しかし、DVや暴行となれば話は別だ。ヘタをすれば刑事罰になる。

そのため、土屋は多額の慰謝料を受け入れるしかなかったのだ。

しばらくは苦しいだろうが、事業が軌道に乗っているので、少なくとも三年あれば取り返せると踏んだらしい。だが、

「まあ、私も偶然今度、ここで経営コンサル会社を立ち上げるつもりをしてるのよね」

にこやかに紘佳は笑う。

そもそも紘佳は起業家で、女性向けの事業を中心に幾つかの会社を経営しているらしい。

そのノウハウをもとに、一般企業向けのコンサル会社を立ち上げるつもりなのだ。

「下調べした結果のシミュレーションだと、三年で向こうのシェアを少なくとも半分、うまくいけば三分の一にまで落とせる計算なの。そうなったら、まあ、新しい奥さんとの生活もいろいろ厳しくなるかもしれないけれど、愛があれば大丈夫よねー？」

絶対大丈夫だと思っていないくせに、むしろ大丈夫にさせるつもりがないのに笑顔のままで言う。

——うん、やっぱり敵に回したらダメな人だ。

彗は改めて思った。

「本格稼働は、紘佳の出産後だろう？」

紘佳の話に基親が問う。

「それまでに、できるだけいろいろ詰めておくつもりだけれどね。私が産休に入る前に朋美ちゃんが戻ってくると思うから、そこから先は朋美ちゃんとやっていって……そうね、出産

後半年で稼働したいわね」

今後の展望を明確に紘香は話す。

朋美は二度目の手術の経過も良好で、近々、予定通りに最後の手術が行われる予定だ。

それが終われば一カ月ほどのリハビリをして、退院をしてくる。

退院後は加納本家に来て、住み込みで紘佳の手伝いをする予定になっている。

いろいろなことがいい感じで順調だが、一つだけ滞っていることがあった。

それは、彗と基親だ。

基親のことが好きだと自覚したものの、二人の関係は足踏みが続いている。

それというのも、土屋によって負わされた怪我のことがあったからだ。

なかなか結構な怪我の具合で、会社で怪我をした時は一週間で完治といっていい状態だったが、今回はそうもいかず、今週に入ってやっとあちこちの痛みが取れ、顔の腫れも収まったくらいだ。

青あざはまだ残っているが、強く触れさえしなければ痛みはない。

そんなわけで、基親もさすがに遠慮して、そういう意味で接してくることはなかったのだが、彗が紀藤による経過観察の診察が終わったことを報告すると、

「では、そろそろかまわないか」

と、促された。

「……えっと、かまわないといえば、かまわないっていうか、でもかまうっていうか」

しどろもどろになる彗に、基親は笑う。

「先延ばしをしたらしただけ、生殺しになるだけだぞ。とりあえず、予定だけ決めておこう。今週末の金曜だ」

そう言われて頷くしかなく、あっという間に週末が来た。

正直、朝からずっと落ち着かなかったし、会社でも、退社時刻が近づくにつれて挙動不審になりつつあった。

帰宅すると、いつものように雅裕が基親と一緒に出迎えてくれたのだが、基親の顔を直視できなかったし、その後の基親との夕食でも箸の進みが悪かった。

すべては緊張のせいだ。

入浴を終えて雅裕を寝かしつけている時は、雅裕がこのまま眠ってくれなければいいな、などと思う有様《ありさま》だ。

だが、いい子な雅裕は今日も絵本を一冊読み終わる頃にはスヤスヤ寝息を立てていて、雅裕が起きてしまわないように、もう少しだけ様子を見て、それから離れを後にした。

向かった先は、もちろん、基親の部屋だ。

だが、階段を一段上るごとに心臓がバクバクして、緊張で指先まで冷たくなった。

基親の部屋の前まで来た時には、緊張しすぎて叫び出したいくらいだった。

――はぁ…どうしよ……。

覚悟を決めたはずなのに、いつものように襖戸を開けることができなくて、彗は躊躇《ちゅうちょ》する。

だが、そんな彗の様子が襖戸越しに分かったのか、

「彗だろう？　入るといい」

中から基親の声がした。

「……っ…失礼、します……」

喉に引っ掛かったような声で言い、彗は襖戸を開けて中に入る。

いつもは酒の準備がされている座卓には今日は何もなく、基親は雑誌を開いていた。

「ようやく来たか」

それにどう返していいかも分からなければ、自分が今、どこに入るべきなのかも分からなくて、彗は襖戸は閉めたものの、そのままそこに立ちつくしてしまう。

そんな彗の様子に基親は笑うと雑誌を閉じて立ちあがった。

「まるで狼《おおかみ》の巣穴に飛び込んできたうさぎのようだぞ」

笑って言いながら基親は彗に近づいてくる。

それに何か気の利いた言葉を返そうと思ったが、もはや何を言っていいのか分からなくて不自然な間ができてしまう。

「そう初《うぶ》な反応をされると、かえって煽られる」

からかうように言って基親は彗の手を摑んだ。それだけで体が、電気でも流されたように震える。

「まだ何もしてないだろう?」

「そう、ですけど……」

緊張の極みにあるせいで、体のコントロールが利かなかった。

「とりあえず、ベッドに行くぞ」

基親はそう言って彗の手を引き、ベッドへと近づいていく。

意識したことはなかったが、セミダブルの比較的大きなベッドだった。

そこに一旦、並んで腰を下ろすと、

「彗に聞いておきたいんだが……セックスの経験は?」

単刀直入に聞いてきた。

「……あります、けど…えっと、普通にっていうか、女の子とは」

答えづらいが、何とか答える。しかし、すぐに基親は次の質問を投げてきた。

「では、男同士でのセックスについては、聞いたことくらいはあるか?」

「……その…、お酒の席での、猥談《わいだん》くらいの、雑な知識っていうか…」

「分かった。では、敢《あ》えて俺から説明はしなくてもいいな。……まあ、恥ずかしがる彗を懇切丁寧に教えるというのも、楽しいだろうが」

笑って返してくる基親の余裕が何だか悔しかったが、基親の手がすっと伸びてきて頬に触れただけで、彗は思わず息を止めた。

無意識に目を見開き、基親の動きの全てを見逃すまいとしてしまう。

「彗……まだ、何もしてないだろう?」

「いや、でも、これからするでしょう?」

「それはそうだが……、もしかして、嫌なのか?」

問う声に彗は、頭をブンブンと横に振る。

「そうじゃない、です……、なんていうか、その、この前のこととか、あるから……なんか、その…」

じゃれ合っていて、そのまま手で致されてしまったあの時のあれこれが余計な予備知識としてあるので、今日はあれよりもっとすごいことを、などと思うと、緊張と恥ずかしさが倍増だ。

彗の言葉に、基親は少し考えるような顔をして、

「では、この前の手順でしたほうが、分かっているぶん楽か?」

「分かってるぶん、恥ずかしいです」

「分かってなくても恥ずかしいんだろう?」

そう返されて、彗は頷いた。

「恥ずかしいのは、そうだな、慣れろ」

解決策を与えてくれるのかと思ったら、全然そうではないあたり、基親らしいなと妙な感心をしてしまった。

「では、するぞ?」

「……普通、こういう始め方をするもんですか?」

聞いた彗に、基親は、

「ムードを作ったら、彗はもっと恥ずかしいだろう?」

さらりと返してくる。

「そうです、けど……」

答えてから、彗は慌てて付け足した。

「あの、電気、消してください」

「分かった。……だが、真っ暗にはしないぞ。あの間接照明を一つ、つけておく」

「真っ暗がいいんですけど」

そうすれば恥ずかしさはもっとましになると思ったのだが、

「おまえの反応が分からなければ、無理を押し通してしまうかもしれないからな」

彗のためだと言外に言われれば納得するしかなく、彗は頷いた。

「いい子だ。いい子ついでに、ベッドに寝ていてもらおうか」

基親はそう言うと一度立ち上がり、メインの電灯を消すと、部屋の端にある間接照明をつけた。

光の量を調節できるタイプのものらしく、少し明るさを絞ってくれた。

真っ暗ではないが、幾分か、気持ちはマシだ。

ベッドに戻って来た基親は、

「さあ、始めようか」

そう言って、言いつけを守ってベッドに横たわっていた彗にのしかかった。

二人分の体重を受け止めたスプリングが軽く音を立てる。それに気を取られる間もなく深く口づけられ、基親の手が彗のパジャマのボタンを外していき、胸に触れてきた。

「……っ…」

この前、そこに触れられた時のことを思い出して、彗の頭に血が上る。

「思いだしたか?」

口づけを中断して、基親が囁いてくる。答えられずにいると、

「彗は感じやすいようだからな……、ああ、確か耳も弱かったな」

基親は彗の耳に口を寄せ、耳朶を甘く嚙んだ。

「…あっ、あ」

たったそれだけなのに、背中をゾワリとしたものが走る。

「本当に可愛いな」

耳の中に直接吹きこむように囁かれて、震えはもっと酷くなった。

「ゃ……っ、あ、あ」

そんな彗の反応を楽しむように、基親は耳に唇を押し当てたまま、彗の乳首を捕らえると
この前のように指先で弄び始める。

「ふっ…ぁ、あ、くすぐったい……」

「すぐに悦《よ》くなる」

「……から、耳、ゃだ……っ」

体がぞわぞわして、それを増長させるように基親の指が捕らえた乳首をこりこりとつまむ。

「……っ…ぁっ、あ、だめ…待って、や……」

くすぐったいだけじゃない感覚が少しずつ強くなり、やがて下肢にまで刺激が走り始める。

それを感じ取ったのか、基親のもう片方の手がパジャマズボンの中に入り込み、直に彗自身に触れた。

「や……っ、あ!」

「ほら、悦くなってきただろう?」

そのまま軽く数度擦られただけで彗自身は熱を孕んで、硬くなる。

だが、基親はすぐに彗自身から手を離した。

――そういえば、この前……。

もやがかかりかけた頭の中で、汚す前にと脱がされたのを彗は思いだした。確かに屋敷でみんなのものと一緒に洗ってもらうようにしているから、恥ずかしい汚し方をするとバツが悪い。

もちろん、予洗いをして出してもいいし、それだけ別に自分で洗ってもいいが、それはそれで勘ぐられる。

だから今も脱がせるために手を離したのだと思ったが、何を思ったのか、基親は離した手を戻し、さっきよりもしっかりと彗自身を捕らえて扱き始めた。

「……ぁ……！　や…なん、で…、あっ、あ……」

戸惑う間にも与えられる愛撫《あいぶ》に、彗自身はあっという間に熱を孕み切り、先端から蜜を零し始める。

「だめ…やだ、汚れる……待って…っ、あ、あ」

乳首を引っ張ったり、はじいたり、揉みあげたり好き放題しながら、蜜を零す自身の先端もくすぐるように撫でまわしてくる。

その度に彗自身がびくびくと震えて、さらに蜜が溢れる。溢れだした蜜は自身を伝い落ちて下着を濡らし始めたのが分かった。

その感触に彗は身をよじろうとする。

「や…だ……、ぁっ、わかだんな、さま…お願……っ」

「気にするな、このままイけ」

相変わらず弱いと分かっていて耳に吹き込んでくる。その刺激と、言葉と共に強くなった自身への愛撫に彗はひとたまりもなかった。

「は…、ぁっ、あ、やだ、や、や……っ」

足を突っ張らせ、走り抜ける悦楽をなんとかやり過ごそうとする。だがそうすれば与えられる愛撫はより容赦のないものになって、基親は彗の耳殻を甘噛みしながら乳首を指の腹で押しつぶし、彗自身は先端の弱い部分を強く擦り立ててきた。

「ゃ——ぁ、あっ、だめ、ああっ、あ」

三カ所同時に違う刺激を与えられて、彗はあっという間に自身から蜜をほとばしらせた。

「あっ、あ、あ……」

放ったもので下着がぐっしょりと濡れていく感触は絶望的なのに淫靡《いんび》だった。

しかも、放っている間も基親の愛撫は止まらず、彗の体は震えっぱなしになる。

「ああっ、あっ、あ…、あ——、あ」

漏れる声が徐々に音を失い、大半が吐く息にわずかに声が乗る程度になったころ、ようやく基親は彗自身を弄んでいた手を引き抜いた。

その途端、濡れた下着がぐっしょりと自身に張り付いてくる。この分だとパジャマズボンまで濡れてしまっているだろう。

「……っ…ひど、ぃ……」

うらみがましい声を出す彗に、基親は少し体を離して彗の顔を覗きこんだ。

「何がだ？」

「ぱんつ…汚れるって、言った…のに……」

この前は配慮してくれたのにと、言外に告げると、基親は、

「どうせ、シーツも汚れるからな。どう言い繕《つくろ》おうと、ばれる」

しれっと返してくる。

それに抗議しようとしたが、

「さあ、気持ち悪いだろう。脱がせてやろう」

半ば無理やり彗の腰を抱きかかえて、下肢から服をはぎ取り、ベッド下に落とした。

濡れた自身が露《あら》わになり、彗は慌てて手を伸ばし、自身を覆う。

「隠さなくても、暗くてよく見えない」

「……ちょっとは見えるんじゃないですか…」

拗《す》ねた口調で言う彗に、基親は少し笑って、ベッドヘッドから何かを取った。

液体らしきものが入った半透明のボトルで、基親はボトルの蓋《ふた》を開けた。

「それ……」

なんですかと問う前に、

「潤滑剤だ」

基親は言うと、彗の片方の足を捕らえて大きく開かせる。

「ちょっと……」

戸惑う間に基親は彗が自身を覆っている手の上に、ボトルの中身を振りまき始めた。

「濡れる！　若旦那様、何やって……」

シーツへと滴《したた》るほどの量のそれを慌ててすくおうとすると、それが随分とぬるぬるとしたものであることが分かった。

「どうせ汚れるから気にするなと言っただろう？」

基親はそう言うと、ぶちまけた中身を自分の手に取り、その手を彗が隠している部分のさらに奥へと伸ばした。

「……ぁ」

何をされるのか分かって、彗の体が震える。

それでも、一度達した直後で、大して体に力は入らなかったようで簡単に指が一本、体の中に入ってきた。

「……っ…」

「やわらかいな……」

基親は言いながら、中の様子を確かめるように少し動かした後、半分ほどまで指を引き抜いた。

「彗、息を吐けるか？」

「…？　はい……」

ふー、と言われるまま息を吐くと、今度は最初の指にもう一本添えるようにさらに指が入りこんできた。

「あっ……」

「息を吐いて……、そう、いい子だ。大丈夫……」

宥《なだ》めるように言いながら、基親は二本の指をゆっくりと埋め込んでくる。

纏《まと》うローションの滑《ぬめ》りもあって、基親の長い指が根元まで深く埋められた。

「痛くはないか？」

かけられる声に、彗は頷く。

広げられている感覚は大きいが、痛いわけではなかった。

「少し動かすぞ」

指先が僅《わず》かに曲げられ、中の襞《ひだ》を軽く擦るようにしてゆっくりとした抽挿《ちゅうそう》が始まる。

それは独特の感覚で、痛いわけではないのだが気持ちがいいわけではなくて、どちらかと言えば「内臓に触れられている」という意識があるからか、「気持ち悪い」に近いかもしれなかった。

——なんか、気持ちよくなるトコがあるとかなんとか聞いた気がするけど……。

気持ち悪さに冷静になりつつ、彗はその昔、寮の飲み会で先輩たちが酔って話していたことを思い出す。

確か性的なサービスの店でのプレイの話で、勧められたとか何とか、そんな話だったような気がする。

正直、その時は彗も酔っていたので詳しい話は覚えていないし、実際どうなのかとか、そういうことには興味がなかった。

なぜなら、こんな状況に将来自分が置かれるなんて思っていなかったからだ。

——人生って、ほんと、わかんな……。

「……っふ…」

くり返し何度か同じ場所に触れられて、少し経った時、不意に妙な感じがして、少し体が震えた。

すると、その場所で基親の指が止まり、そこを強くひっかきまわし始めた。

くちゅ、くちゅ、と潤滑剤が音を立てる。

「…あ……」

彗の唇から、明らかに甘いものが混ざった声が漏れると、基親はその場所を執拗に責め始めた。

「ん…っ、あ、やだ、何、まって、あ、あ……」

何か、しこりのようなものがあるのが分かった。

それをいじられる度、おなかの奥の方から、ジン……っと響く感覚が広がっていった。

「若……っ、あ、まって、おかしい、あっ」

マズいと思った時には、もう遅かった。

基親から隠すために両手で覆っていた彗自身がそこをいじられる度に熱を孕んで硬くなる。

「う…そ、や、あっ、あ」

酒の上での冗談交じりの話だと思っていた。

それなのに、確かにそこから湧き起こるのは快感だった。

「気持ちがいいか?」

「い……、っ…あ、ダメ、そこ、待って」

ねっとりとした甘い快感が止まらなくなって、基親の指を受け入れているそこが勝手に締めつけているのが分かる。

「ああっ、あ、あ」

基親の指がしこりを抉《えぐ》るようにして動いて、彗の体が不自然にヒクついた。

「ぁっ、あ……、…は…っ、あ、やめ……そこ、ゃ…だ、やっ、や……っ」

腰の奥からぐずぐずに溶けていきそうな感じがして、彗は頭を横に振る。

だが基親は指を止めるどころか、もう片方の手で、自身を覆い隠す彗の手を外すと熱を孕んだ彗自身を再び捕らえて扱き始めた。

「後ろで気持ち良くなりながら、もう一度イくといい」

両方を同時に愛撫されて、受け止めきれない悦楽が一気に湧き起こる。

「〜っ、ぁ！　あ、だめ、やだ、や…っ、う……んっ、あ、ああ、あっ！」

逃げたいほどの悦楽に、彗の足がシーツを蹴ってもがく。

だが、足が滑るだけで逃げられもせず、愉悦に侵された彗の体がひく、ひくんっと震え、彗自身が再び蜜を溢れさせた。

「あぁ…ぁぁぁっ、や、め…動……さ、いで…」

彗自身を捕らえた手は緩やかな動きになったが、体の中でうごめく指の動きはさらに強さを増す。

「ひ……ぁっ、あ、だめ…、ゃあっ、あ、あっ、あ……！」

過ぎる悦楽に彗の体が止めようもなく、ガクガク震えて、彗自身がまた震えて達する。だが、短時間で追い上げられたせいで、放つ蜜がなく、先端が健気《けなげ》にヒクつく動きを繰り返すだけだ。

「……だ、め…、しんじゃう……」

微《かす》かな声で漏らすと、やっと狼藉《ろうぜき》を働いていた基親の指が止まる。

だが、絶頂の余韻を引きずった襞は動かなくなった指に絡みついて奥へと誘いこもうと勝手にうごめいた。

その動きを感じながら、基親は指をずるりと引き抜く。

ぐちゅ、と淫《みだ》らな音を立てて指が引き抜かれると、中で散々掻《か》きまぜられて泡立った潤滑液がこぼれおちる。

その感触に彗は泣きたくなるほどの羞恥《しゅうち》を覚えて眉根を寄せるが、

「可愛すぎて、どうしようもないな……」

うっとりとした表情で基親は言うと、自分が纏っていたパジャマのシャツを脱ぎ捨《す》てた。

ほの暗い灯りの中で見た基親の体は、細身に見えるがしっかりと筋肉がついていて、綺麗だった。

そんなことを彗はぼんやりと思う。

悦楽に焼かれた脳は、もう、連続性のあることを考えられるほど機能していなかった。ただ、短絡的に目にしたものについて、何かが浮かぶ、それだけのことだ。

そんな彗の前で、基親はパジャマパンツを下着ごと押し下げた。

そして、そこに現れた熱を孕んだ長大なそれに彗は息を飲む。

「……おぉきい…」

「素直に褒め言葉として受け取っておく」

基親はそう言うと、彗の膝裏に手を当てて大きく開かせ、誘うようにヒクついている後ろの蕾《つぼみ》に自身の先端を押し当てた。

ここで、彗はやっと、今目にしたそれが中に入ろうとしていることに気づいた。

「……っ…むり…ダメ…、こゎい…むり」

「大丈夫だ。こんなに蕩け切ってる」

そう言って基親は押し当てたそれをゆっくりと擦りつけるような動きを繰り返す。

指での刺激で熟れた蕾は、それを飲みこもうとしてしまう。

そんな自分の浅ましい体の動きに感情がついていかなくて彗は眉根を寄せる。そんな彗の中に基親はゆっくりと自身の先端を押し入れる。

「あ…っ、あ、あ」

だが、強引に押し入ろうとはせず、ある程度まで押し開くと引いてしまう。

「ふ…っ…ぅ…っ、あっ、あ」

それを繰り返されて、焦燥感に駆られた彗は基親を見た。

「なん、で……ぃじ、わる……」

震える声で言うと、基親は心外だ、とでも言いたげな表情をした。

「怖いと言っただろう？　だから、遠慮したんだが」

確かに言った。言ったが、

「……ん、なの、詭弁《きべん》……」

「ばれたなら仕方がないな。少し、キツいぞ」

再び押し当てられたそれが、中に入り込もうとしてくる。今度は決して引かれることなく、ゆっくりと、だが確実に奥へと進んでくる。

「……ぁっ、あ、あ…」

めいっぱい押し広げられて、もう無理だと思っても、さらに入り口を広げられて、腹の底から恐怖が湧き起こるのに、じらされた体の奥はまるで悦《よろこ》ぶようにうねっているのが分かる。

「大丈夫……ちゃんと、飲みこんでいってる。もう少し……」

基親が言って、軽く腰を揺らした。その瞬間、最大限広げられていた入り口がほんの少し窄《すぼ》まった気がした。

「先が入った。いい子だ……」

「先、だけ……」

「これで全部だと、彗が物足りないだろう?」

笑って言うと、基親はそのまま自身を突き入れてきた。

ギリギリに広げられた場所を、基親のそれがゆっくりずりずりと擦り上げていく。

そして、指で散々弄んでいた場所を自身の張り出した部分で押しつぶすようにしてピストンを繰り返した。

「ん……ぁ、あ、あああ…っ！　ァ、あ、だめ、そこ、あっ、あ！」

束の間《つかま》遠ざかっていた快感があっという間に呼びもどされてくる。

ズチュッ、グチュッと卑猥《ひわい》な音を立てて繰り返される動きに、彗は頭をのけ反らせる。

「あっ、あ……、あ！」

弱い場所を確実に仕留めながら、少しずつ基親は奥まで入り込んでくる。

やがて指では届かなかった場所まで到達して、初めて蹂躙《じゅうりん》を受ける肉襞をぐちゃぐちゃに掻きまぜるように、腰を使った。

「ああっぁ、あ……、いっ…、あ、あっ、だめ、つよ…ぃ……」

気持ちがよくて、彗は何も考えられなくなる。

体を揺さぶられる度に、奥から溶けて形がなくなってしまいそうな気さえした。

「こんなに絡みついて……、離せなくなる」

囁いた基親の片方の手が、彗自身へと伸びる。

立ちあがりヒクついて先走りか残滓《ざんし》か分からない蜜を垂れこぼしている先端を指の腹で擦りたてると、彗の腰がはねた。

「やっ、あ、あああっ！」

腰がはねた瞬間、中にある基親自身が予想だにしない場所をついてしまい、彗は体を痙攣《けいれん》

させて達した。

引き絞るような内壁のキツさに基親は息を飲み、体に力を入れてやり過ごすと、達している最中の彗の体をさらに蹂躙した。

「い……ぃ、あっ、あ、あ、あ」

意味のある言葉を紡《つむ》ぐこともできず、自身から細い蜜をたらし続ける彗を愛でるように見つめながら、うねる肉襞をすりつぶすようにして抽挿する。

「ん……あっ、あ、あっぁっ…イく、…ぃ…っ〜〜！」

くり返し襲い来る絶頂に体を痙攣させる彗の中に、基親は熱を吐きだした。

ビュルビュルと断続的に吐きだされる熱に、彗は不自由に悶える。

その彗の腰をしっかりと押さえこんで、基親はすべてを中に注ぎこんでからゆっくりと自身を引き抜いた。

閉じきれない蕾から溢れだす精液と、揺り返しのように襲ってくる絶頂の余韻に震える彗の様子はたとえようもなく淫らで愛《いと》しく、基親は劣情を煽られる。

もう、体のどこにも力の入らない彗をうつぶせにすると、そのまま腰を高くかかえて崩れ落ちないように支えると、濡れそぼっている蕾に再び自身を押しこんだ。

「ゃ…あっあああッッあ！」

彗は自分がどうなったのか分からないまま、再び基親の蹂躙を受けた。

じゅぼじゅぼと、中に放たれた精液がいやらしい音を立て、溢れて腿を伝い落ちていく。

「あ……ぁ、あ……っか、だんな、さ……」

彗の手がシーツの上を這いまわる。

「彗、悪い……まだ、終われない」

上体をベッドに伏せる彗に背後からぴったりと寄り添うようにして、基親は彗の耳に吐息ごと声を吹き込み、舌で舐め回す。

「ん……っ……！　っ……！」

感じすぎて彗はまた達してしまう。だが、もう放つ蜜もなく、自身が憐《あわ》れに震えるだけだ。

それが分かっていて基親は胸にまで手を伸ばして両方の乳首を一度に手のひらと指で弄ぶ。

「ん、…っ、んあ……、ぁ、ぁッ、～～……！」

新たな絶頂が彗の頭の中を溶かしていく。

中を突かれながら、耳と胸にまで愛撫をあたえられて、彗は内壁を酷く痙攣させたまま、何度も絶頂を迎えてしまう。

基親が触れている場所以外の感覚がすべて死滅して、息を吸っているのか吐いているのかさえ分からなくて、意識がかすむ。

——もうむり。

気持ちが良すぎて、頭のネジが全部外れて、トぶ——そう思った時、体の奥で熱が弾《はじ》けた。

また体中を浸食していく熱の感触を覚えながら、彗は意識を飛ばした。

◆◇◆

ベッドの傍らに誰かが潜り込んできた気配に、まどろんでいた彗はうっすらと目を開けた。

「起こしたか」

「……あと五分、遅かったら、起きなかったと思います」

答えようとする声がかすれて弱々しくて、忌々《いまいま》しい。

コトが終わった後、基親は丁寧過ぎるくらいに後始末をしてくれた。

彗が意識を取り戻した時はその真っ最中で、中に出された精液を指で掻きだされているところだった。

感じるほどの体力はまったく残っていなかったが、いたたまれなさはマックスで、もう少し意識が飛んでいたらよかったのにと心の底から思った。

その後も体を綺麗に拭いてくれ、ベッドのシーツも雑にだが取り替えてくれた後、洗濯ずみの基親のパジャマを着せてくれた。

体にまとわりついていた彗のパジャマの上着も、結局ドロドロになってしまって、着たまま眠るわけにはいかなかったからだ。

「……ちゃんと、処理、してくれましたか」

初心者相手に無理をしやがってだとか、頭に血が上ったら見境がなくなるのはこういう状況でもか、とか、いろいろ言いたいことはあるが、それについてはいずれ追及できる機会があるだろうから、一旦棚上げし、一番心配なことを聞く。

「拭き取れる分は拭き取って、とりあえず今、洗濯機で予洗い中だ」

「『どうして夜中にお洗いになったんですか？　一緒に洗いますのに』」

かすれ切った声のまま、須磨の口調を真似て彗が言うと、基親は笑いながら、彗を抱きよせた。

「その時は事実を言うしかないだろうな」

「もう、俺、一生須磨さんと顔を合わせられない……」

ボヤく彗に、やはり基親は笑う。

「諦めろ。隠し通せるものでもないからな」

そう言ってから、

「朋美さんが屋敷に来たら、彗は離れを出て、母屋に移ってくるといい。どうせ、空いている部屋は幾つもある。この部屋の隣も空いているぞ」

そう提案してきた。

だが、その提案に彗は頭を緩く横に振った。

「離れを出るのは考えてます。姉ちゃんが退院してきたら、俺の役目は終わるわけだし。だから、アパートを借りて一人暮らししようと思って……」

もともと、雅裕一人をここに預けることができないから保護者として来ただけだ。母親である朋美がここに来るなら、彗がここにいる必要はなくなる。

「彗、どうしてそんな薄情なことを言う」

少しむっとしたような声で基親は言った。

「薄情って……」

「ここにいるのが嫌なのか?」

「そうじゃないです。……ここにいる正当な理由がないのに、ずるずるお世話になるのは、違うと思うので」

筋は通さないと、と彗は思うのだが、

「俺たちは、恋人同士、ではないのか?」

まったくもって遺憾《いかん》だと言いたげな口調で基親は聞いてくる。

「恋人であっても、結婚相手じゃないですし……」

「同棲している恋人同士もいるだろう」

「同棲してない人達も多いです」

そう返すと、基親は少し考えるような間をおいた。そして、少ししてから、

「どうしても彗がここを出てアパートに住むというなら、屋敷の隣の空いている土地にアパートを建てよう。彗はそこに……ああ、そうだ、俺もそこに移ろう。どうせ隣だ、ここにいるのと大差ない」

そんなとんでも計画を立てはじめる。

「なんでそうなるんですか……無駄にお金を使うのはよくないです」

ため息交じりに言えば、

「彗がここを出ていかなければ使わずに済む金だな」

などと返してきて、眉根を寄せる彗に、基親は嬉しそうに笑ってくる。

その基親に、

「……恋人を脅すなんて酷い、別れます」

そう言って、彗は唇を尖《とが》らせる。

その唇に基親は口づけた後、

「別れようなんて気が起きないように、もう少し説得を試みるか」

彗のパジャマシャツの裾から差し入れた手でわき腹を撫で上げてきて、それに彗は盛大に慌てて前言撤回するしかなくなるのだった。

あとがき

こんにちは、部屋が片付かないまま、新たな沼地に足を突っ込んでいる松幸かほです。

新たな沼地の名前はインド香……。豊富すぎる種類で私を魅惑の沼地に誘いこんでくれております。しかも、一箱のお値段がリーズナブルなので、あっという間に大量のインド香が部屋に……。これ、もう、一生部屋が片付かないパターンだと思います。

という、安定の近況報告はさておきまして、今回は「若旦那様」ですよ！　ちょっと魅惑のキーワードじゃないですか？

ロマンチックっていうか、キャッキャウフフな感じっていうか……！　それを求めて購入して下さった方、すみません……。ロマンチックはあんまりないです…。

そして若旦那様っていえば、なんかこう、権力があって「ばばーん」な感じだと思うのですが（どんな感じだよ）、天然な人になってしまった……。

イケメンで金持ちなのに天然。

天然を隠れ蓑にしている感がしないでもない。でも、ガチ天然かもしれない！　そんな若旦那様の基親に翻弄される彗は苦労人で、若旦那様によって救われた……はず？　なんですけど、若旦那様が天然なせいで、方向性は違うけれど、あらたな苦労を背負いこんでいるような気がしないでもない……。

すいちゃん、がんばって！

と、まーくんみたいに励ましておこうと思います。

まーくんで思い出した！　イラストに書いていただくシーンは、毎回、担当様からリクエストを聞いていただけるのです。でも、基本的にすべてお任せにしています。が、今回、ここをお願いします！　と言った箇所がございまして……。どこかは御想像にお任せしますが、この流れなのでまーくんがらみだということだけは伝わったかと思います。

そんな「可愛い」を枕につけたくなるまーくんと、基親、彗を描いて下さったのは榊空也先生です。

本当にありがとうございます！

そして…原稿UPが遅れてしまって、ご迷惑を（またやらかしたんだぜ）。前回に引き続き、私の髪の毛入り藁人形を五寸釘とセットにして担当様と先生にお送りしたいと思います……。

そんな相変わらずの松幸ですが、読んでくださっている皆様には本当に感謝しています。ちょっと窮屈な生活が続いていますが、少しでも気を紛らわせるお役に立てれば嬉しいです。

そして、担当さんを始め、この本に関わってくださった皆様にお礼を申し上げます。

これからも頑張りますので、よろしくお願いします。

二〇二一年　荒れ果てた部屋にもすっかり馴染んだ四月下旬

松幸かほ

✦初出　若旦那様としあわせ子育て恋愛…………書き下ろし

松幸かほ先生、榊空也先生へのお便り、本作品に関するご意見、ご感想などは
〒151-0051 東京都渋谷区千駄ヶ谷 4-9-7
幻冬舎コミックス　ルチル文庫「若旦那様としあわせ子育て恋愛」係まで。

幻冬舎ルチル文庫

若旦那様としあわせ子育て恋愛

2021年6月20日　　第1刷発行

✦著者	松幸かほ　まつゆき かほ
✦発行人	石原正康
✦発行元	株式会社 幻冬舎コミックス 〒151-0051 東京都渋谷区千駄ヶ谷 4-9-7 電話 03(5411)6431[編集]
✦発売元	株式会社 幻冬舎 〒151-0051 東京都渋谷区千駄ヶ谷 4-9-7 電話 03(5411)6222[営業] 振替 00120-8-767643
✦印刷・製本所	中央精版印刷株式会社

✦検印廃止

ISBN978-4-344-84879-5　C0193　Printed in Japan

本作品はフィクションです。実在の人物・団体・事件などには関係ありません。